グレゴワールと老書店主

Grégoire et le vieux libraire

マルク・ロジェ

藤田真利子［訳］

東京創元社

グレゴワールと老書店主

コリーヌに

人が本を書く目的は一つ、死を超えて人々と結びつき、すべての生の最も打ち勝ち難い敵から身を守るためだ、過ぎ行く時と忘却という敵から。

――『書痴メンデル』(一九二九年、シュテファン・ツヴァイク)

子供を教えるということは、大人を手に入れるということだ。

――『徒刑場を訪ねて』(一八八一年、ヴィクトル・ユゴー)

1

上に行く前に、よく言い聞かせられた。馴れ馴れしくしては駄目。タメ口も駄目。丁寧な言葉使いで苗字《みょうじ》にマダム、ムッシューをつけて呼びかけること。わかるでしょ、薬の箱に書いてあるから。苗字、名前、部屋番号、看護師用には他にもっとややこしい指示も書いてあるけど、あんたは覚えなくていい。

一か月前から厨房《ちゅうぼう》で働き始め、入居者に届けに行くのはこれが初めてだ。十一時十七分。二十八号室。ジョエル・ピキエ。ブルーエ・ホーム。運河沿いの建物の三階。ドアは閉まっている。文字が書かれた額。筆記体。イタリック体。パウカ・ミエ。意味はわからない。カートを壁際に寄せ、足でブレーキをかける。ドアを叩く。三回。はっきりと。すぐに、驚きで調子が狂ってはいるがほとんど陽気と言ってもいいような声が答えた。

「おや、もう？　ちょっと待ってくれ」

ぼくはちょっと待つ。カートの上の四つのトレイの食事も一緒に待つ。熱い料理にかぶせられた透明のカバーが軽く結露している。耳をすますと、急いで紙を片付ける音が聞こえる。

「それ、それ、それ、それ、それ！……お入り」

ドアを開ける。ぼくを見る時、目を細め、ためらい、それからいつもの助手じゃないのを確認したようだ。

「新しい子だな！　ベアトリスは病気なのか？」

「いいえ、ただ、お子さんの具合が悪いんだと思います。有休を取りました。初めまして、ムッシュー・ピキエ。ぼくはグレゴワールといいます」

「おや、そいつをそこに置いて」一部に紙と本が積み上げられたテーブルの片隅を彼は指差す。

「友達風に話すけど、驚くんじゃないよ。わたしは誰にでもこうなんだ」

「大丈夫です」

そう言いながら、トレイを持って部屋に入る。

部屋。洞窟。四つの壁は上から下まで本で覆われている。床面積は八メートルかける八メートル、六十平米強。テーブル、ベッド、椅子、肘掛け椅子、タンス、壁に取りつけられた洋服掛け、ベッドの枕元の台、非常に狭い通路は三点支持の杖が二つ並ぶのがやっとだ。ぼくの後ろ、今入ってきた入り口には車椅子が折りたたまれてアコーデオンドアの横の壁に立てかけられている。そのドアの先はシャワーとトイレだ。窓は、ポストイットと、ここからでは読めない新聞の切り抜きで半分隠され、そこから運河沿いの庭の光を部屋の中に滴《したた》らせる。この老人、そこに、ぼくの前に、空間に合わせてあつらえたように立っているこの老人にとってこの窓は、世界の入り口だ。完璧な服装で領地の真ん中に立っている領主。その服装に驚く人には、尊大さでも傲慢さでもなく、「ただ自分への誇り」のためだと、彼は言う。足には濃い色の薄い綿の靴下を履き、黒い革のモカシンを履いている。紐のついた靴のほうが好きなのだが、手がもううまく動かないのだ。

同僚たちから前もって知らされていたが、驚きが小さくなるわけではなかった。たまげた、ってところだ。清潔で、片付いていて、言うことなし、でも息が詰まる。洗浄剤、古い紙、暖房のにおい、よくわからない。息が詰まる。老人は面白がっている。

「びっくりするだろう？　急がなくていい、かまわないからゆっくりなんでも見なさい」そしてトレイに近づいて保温カバーを持ち上げて温かい料理を見る。「さてと、大シェフ様は何を作ってくれたのかな？」ピュレに半分覆われたふた切れの羊の腿肉を見ながら彼は皮肉を言った。

皿から立ち上る湯気を見て、廊下で待っている他の三つのトレイのことを思い出した。

「どうぞ召し上がれ、ムッシュー・ピキエ、配り終わったら、また来ます」

「ばあさん鶏に気をつけろ！　やつらは狐は怖がるが、赤毛は好きだからな。あんたの童顔は気に入られるだろうよ」

笑っていいかどうか確信はなかったけれど、ぼくは大笑いした。

「年寄りのユーモアってのは、扱い方を心得なくちゃな」

年寄りのユーモア、その扱い方は知っている。

正式には苗字で呼ばなきゃならないことになっていても、従業員のあいだでは冗談がとびかっている。そんなわけで、皮肉たっぷりのあだ名がたくさんある。当人が聞いたら気を悪くしそうなものがほとんどだが、中には当人の長所や欠点をとりあげるにしても思いやりや詩的センスのあるものもあった。

ムッシュー・ピキエをみんなは本屋のじいさんと呼んでいたが、その呼び方には、出所はわからないが流れ者のあいだで言い伝えられる伝説のように、なんらかの重要性があるのではないかと思われる人に向けるそこはかとない敬意がつきまとっている。ムッシュー・ピキエ、本屋のじいさん。

七年前、彼はすべてを売り払った。リテレール・ビス書店はクイックバーガーになった。ぼく個人にはなんの思い出もない。

2

　ぼくは十八歳になったばかりだ。中学、高校だけで社会に出た。落ちこぼれたんだ。話は簡単、統計では、バカロレアには八〇パーセントが合格する。ぼくは二〇パーセントの側にひそかに落っこちた。統計の数字に数えられたかどうかさえも定かではない。先生たちも目に留めなかったのではないか。どの教科でも、グレゴワール・ジェラン？　出席してるかどうかもわからない。完璧に空気のような存在。

　最終学年の進路相談では、最初からパニックになった。どの仕事もどの仕事も、応募資格はバカロレアと他に……わからないけど、ぼくにとっては全部鼻先で閉められるドアの行列だった。母さんにはその話をした。

「カウンセラーはなんにも聞いちゃくれない！　ぼくは木が好きだと言ったんだ。そしたら林野庁の話をしだす。それには理系のバカロレアが必要だ。数学はぜんぜんわからない。どうすればいいって言うの？」

　母さんはとっても現実的だ。

「わたしがあんたの年にやったように働けばいいんだよ」

市役所は人手不足だ。ぼくは緑地課の仕事で挫折した。真面目な話、その仕事は好きになるはずだった。外の仕事に向いているのだ。でも、ぼくの仕事は一日じゅう芝を刈ることと枯れ葉を吹き飛ばすことで、それが終わるとシャベルで犬の糞を集めるか、試合の翌日に割れた瓶のかけらを拾い集める仕事になった。あっという間にうんざりした。市の社会福祉局の補佐官を知っている母さんがコネを使った。レ・ブルーエ管理部。公式には、ぼくの給料は社会福祉局から支払われている。週に三十五時間。所長のマダム・マソンがぼくの給料を決めた。未経験ということで最低賃金よりいくらか安い。いずれにせよ、ぼくに選ぶ権利はない。母さんが言った。「これでやっとひと息つけるわ！」

　ぼくは給料から家計を助ける。こうしたことはみんな表向きの話。実際の仕事は、なんでもやる見習い小僧といったところだ。本屋のじいさんその人に言わせると万能執事《ファクトトム》だそうだ。なんのかの言って、この仕事は面白いと思っている。

　二月一日にぼくは調理用キャップをかぶった。厨房に穴があいたのでぼくが入った。外は寒かった。せいぜい三度か四度。中はサウナのようで、二十七度、さらに、厨房主任のジャン＝ミシェルがその日の料理に最後の仕上げをする昼前には三十度にもなる。そこで働き始めてから一か月で、厨房がどれほどおいしい仕事と程遠いかよくわかった。

　昼食と夕食に六十食。食堂に四十、二十食は私室で提供される。女性二人、マリー＝オディルとシャンタルが調理助手で、ぼくはできる限りその手助けをする。汗まみれになって保存庫から調理台に走ったりして。仕事は気に入っている。ジャガイモの皮をむき、サラダ菜を洗う。

大音量でラジオを聴く。ヘマをすると、女性たちが文句を言う。

「四人必要なのよ！　いっつもこうやってあたしたちのところを減らすんだから、へとへとだわ」

新人だから、当然ぼくが聞き役になる。たしかに二人、あるいは一人だけでも増えれば仕事は楽になる。とくに、食事の後なんかはそうだ。食器洗い機の蒸気と騒音の中ですべてを洗い、完璧に片付けなくちゃならないときには。まったくの苦行だ。全部終わったときにはびしょびしょで吐き気のするような臭いを発している。

食堂担当は七人だ。女性四人と男性三人、入居者の自立度に応じて割り当てられる。四人は小さなスプーンで食べさせてもらっている。何人かは自分でなんとか食べている。食事が終わる頃には、なんと言ったらいいか。小学校の食堂と、グリンピースが出たときの騒ぎを思い出す。ここで働いていると、こんなことも頭を通り過ぎる。共感の気持ちを持っているかいないか。年寄りが話を聞かないとき、誤嚥してむせるとき、つまらないことで文句を言うとき、もしもみんなが思いやりを持っておどけて見せたり、どんなことがあっても優しくしたりしていれば、すべてはうまくいく。でも反対に、忍耐力が切れるとあっという間に人を傷つけ、さらには虐待するようにもなりかねない。悪意があってのことじゃない、それは違う、けど、常に声や動きを穏やかに保たなくてはならないことに疲れ果ててしまうからだ。ひどいときには、コントロールできなくなって同僚を呼ぶ。そして誰かに代わってもらって煙草かコーヒーで息抜きをする。というのも、仲間の連帯がなければ、雰囲気はすぐに危険なものになりかねないのだ。上司たちはいつも繰り返す。

「人を相手の仕事をしているのだということを忘れないで！」

　すると疲れ果てた誰かが言い返す。

「わたしたちも人なのだということを忘れないで！」

　私室での食事介助には五人いる。一人につき入居者四人。大変な仕事だ。というのも、この場合、もうスプーンどころではなく漏斗《ろうと》で流し込むようなことになってしまうからだ。ムッシュー・ピキエも私室で食事する人の中に入っている。食堂に降りてくることもできるだろうが、パーキンソン病が進行するにつれて移動が困難になっている。それに、彼は一人で食事したいのだ。ワイワイ食堂、ムッシュー・ピキエはそう呼んでいるのだが、に行くと気が滅入るのだそうだ。説明によると、気取っているのでも、上から目線でもなく、気力がないのだという。

「わたしみたいに年取って衰えると、そしてわたしみたいに頭がはっきりしていると、一人でいるほうが辛《つら》くないいんだよ。他の人の有様を見ると、どうしても自分の衰えを突きつけられるからな」

　八年前、かかりつけの医師が病気の診断を下したとき、最初のうち彼はそれを信じようとしなかった。それから症状がしだいに出てきて、十一か月後には医師の勧める決断をしなくてはならなくなった。家、車、書店すべての資産を売ってその金で今この老人ホームに入っている。すべて込みで月に三十万円。でも、何よりも彼を不幸にしたのは何千冊という本と別れることだった。隣人たちに食事を届け終わって彼の部屋に戻り、彼が自分の蔵書のことを、失ったばかりの大切な存在のように語るのを聞いている。右腕を回して部屋の壁を指す。苦悩と悲しみに満ちた声で、ドアに掲げた文字について説明する。

「パウカ・ミエ、これはラテン語だ。『彼女のうち、わたしに残されたわずかなもの』という意味だ。ここにあるのはわたしが世界でいちばん愛していたものの十分の一にすぎない。ああ、他の本を捨ててこの三千冊を選び出すのはどれほど辛かったことか。腕を切り落とすような苦しみだったよ。こんな症状を知っているか？」

「……」

「幻肢というんだ。そう、切り落とした腕や足が痒くなることがあるが、掻くことはできない。それは悪夢に変わる。想像してみなさい。二万七千冊の本を、もう読むことができないんだ」

どうやったら想像できるだろう。「うちには本なんて一冊もありませんよ」なんて言えない。

何も考えずに同情の言葉が出る。

「まるで、家族や友達のことを話してるみたいです」

「そう、まさにそのとおりだ」

「ムッシュー・ピキエ、トレイをください。もう行かなくては、厨房の女性たちがぐずぐずするなって言うんですよ」

「そうだな。でも、好きな時にいつでもおいで。わたしはここにいるから」

時間があるときは必ず会いに行く。そんなに長い時間ではない。仕事の後はくたくたなのだ。

それでも、部屋から動けない本屋のじいさんはぼくを磁石のように引きつける。本当に不思議だけれど、一日一度は行かないでいられない。ブルーエでの仕事、母さんとの家庭という狭い世界の他には、ぼくは何も知らないんだとよくわかっている。彼は、一人の人間、一つの人生、たくさんの本、尽きることのない経験の総計だ。ぼくはいったい何を求めているのだろう。本に囲まれているこの老人といて、何をやっているのだろう。ぼくは本に触りもしないし開こうともしない。何を怖がっているんだろう。わからない。それに、ぼくは本に触りもしない……

そうだ。本屋のじいさんはぼくに本の話をしない。でも、ぼくは間抜けじゃないから、彼がやろうとしていることはわかっている。放り出してあるこの本の表紙。他のよりもぼくを引きつけそうな題名。二人のあいだのゲームだ。ぼくは、読書なんてごめんだと彼に思わせようとして、彼は、ぼくを説得するより他にやることがあるんだと思わせようとしている。卒業して二年も経つのに、きわめて学校を象徴するものをいまだに拒否するなんて、学校はどれほど下手なやり方をしたのだろう。本はぼくを引きつけると同時に、一冊をパラパラめくると考えるだけでも拒否感がある。そうできれば、ムッシュー・ピキエはすごく喜ぶだろう、それは確かだ。でもしばらくは、口には出さないがお互いに了解しているこの〝現状〟を壊すつもりはなく、それは数週間続くことになる。感情をこめず、思い上がった調子でこう言ったときまで。

「ムッシュー・ピキエ、読書しない一日なんて無駄だといつもおっしゃってますよね。でも、お会いしてから一度も本を読んでるのを見たことがないんですけど」

「……」

馬鹿なことを言ったに違いない。沈黙は少なくとも三十秒は続いた。彼のほうを見られなかった。

「すまながることはない。気遣いのある発言とは言えないが、正しいという長所がある。わたしはもう本を読まない、簡単だ、もう読めないんだ。わたしの手を見なさい、どれほど震えているか。そう、考えていることはわかるよ、書見台に置けばいいじゃないかと言うんだろう。でも、目もわたしを見放した。緑内障が勝利を収めた。どうしようもない。目薬も、レーザー治療も、性能のいい電子書籍も役に立たない。それでもやってはみたんだ。読書はおしまい。音楽しか残されていない」

　何かを言ったりやったりすることができず、ぼくはもう動けなくて身を縮めている。ムッシュー・ピキエは肘掛け椅子の横に置いたCDプレイヤーに右手を伸ばしてプレイボタンを押す─CD1─、そしてヴォリュームを最大にする。右から左へと緑色の線が走る、マーラー、交響曲第五番、アダージェット。死。泣ける。なんでこんなことを言ってる？　ぼくは何も知らない。とにかく鬱陶《うっとう》しい音楽だ。年寄り向きだ。でもおかしなことに感情がむき出しにされ、胸が締めつけられる。なんといっても、ぼくは恥ずかしい。

「グレゴワール？」ムッシュー・ピキエは叱られた犬みたいなぼくの顔を見る。「グレゴワール、訊きたいんだが、字は読めるよな？」

「……」

「次に来たときにその話をしよう。今のところは一人にさせてくれ」

3

消化するのに二日必要だった。あの場面を何度も思い返し、それほど惨《みじ》めに見えないように記憶を書きなおした。ようやく会いに行き、いつものようにドアを叩き、待つ。お入りの声で部屋に入る。彼は肘掛け椅子にすわっている。ぼくは彼のそばに行き、うやうやしく手を差し出す。

「ムッシュー・ピキエ、先日ぼくが言ったことは正しくありませんでした。お詫びします」

どうも、起こしてしまったようだ。彼は目で笑いかけながら顔を傾け、震える手を差し伸べて今まで経験したことのないような優しさでぼくの手を握った。彼の皮膚。高級な香水の箱にかかっているリボンのような彼の皮膚。傾いた肩をゆっくりと直しながら、彼は身を起こした。

「グレゴワール、謝罪を受け入れるよ。君に会えないこの二日はどれほど苦しかったか、君にはわかるまい」

今回は言うべきことがわかっている。

「ムッシュー・ピキエ、ほんとのことを言います、読書はぜんぜん得意じゃないんです、ここでしている仕事はどうかって言うと……」

彼はぼくを遮る。

「わたしの話を聞いていないな」

「それで……」

「それで、なんだ?」

「所長はあなたのことが好きですよね?」

「そうだな、そうじゃないかという気がしているよ」

「それで、ぼくが思いついたのは、一日に一時間ぼくが朗読するんですよ、いい考えだと思いませんか? あなたは助かるし、ぼくのほうは厨房で働く時間が一時間減ることになる、わかるでしょ! たった一時間だけでも。ムッシュー・ピキエ、所長に頼んでくれませんか?」

ぼくの声は疑いと懇願のあいだで揺れている、彼を喜ばせたいという気持ち、それは当然ある。そしてコレラを避けるためにペストを選んでいるという、いつも逃げ出していた活動に自分を押しやっているという気持ちも同時にある。でも老人はそんな問題を考えることはなく、顔がパッと明るくなる。

体調がよくなるとすぐ、ムッシュー・ピキエは階下の所長の部屋に行った。一大事だ。マダム・マソンは仰天した。

「ムッシュー・ピキエ、これは驚きました!」

今は五月だ。

「雪が降るわ!」

所長は自分の向かいの椅子をどかす。本屋のじいさんは車椅子を動かしてあいだにある机に腕を載せられるところまで近づく。彼は触れ合いが好きなんだ。

「かわいいカトリーヌ、グレゴワールのことなんだが……」

「ああ、グレゴワール、あなたのお気に入りね！　で、なんでしょう」

「ここの計画表がいっぱいいっぱいなのはわかっているんだが……」ムッシュー・ピキエは言いよどむ。「厨房の仕事から時々離れることができれば、たとえば一日一時間とか……」

さらにためらう。

「それで？」所長は急《せ》かす。

「それで、わたしに朗読してくれたら」

「ムッシュー・ピキエ！　グレゴワールが？　冗談でしょ。あのかわいそうな子は本がどういうものかさえ知りませんよ」

「それはわたしが考えるよ、カトリーヌ。もうほかには何も頼みごとはしないから」

カトリーヌ・マソン、四十代で自信たっぷり、毎日いくつもの決断を下している。その女性が突然考え込んだ。

「そのご依頼は簡単ではありませんね、ムッシュー・ピキエ。これは特別待遇が二つということです。あなたについてはまだいい、喜んでそうして差し上げたいとさえ思います。ですが、グレゴワールのほうは、困ったことになる可能性があります。明日にも厨房の職員がここに押しかけるでしょう。ジャン＝ミシェルと女性たちが大騒ぎします」

「大騒ぎさせておけばいい……」

彼らは大騒ぎした。マリー＝オディル、ジャン＝ミ、シャンタルはほんとに大騒ぎした。所長はよく持ちこたえた。はっきりさせておこう。彼女は従業員であるぼくのためにではなく、顧客である彼のために頑張ったのだ。

「グレゴワール、覚えておいて、これは特別なんですからね、そして、いつ何時《なんどき》でも取り消すことができるんですよ。現場の人たちってていうのは……」

「マダム・マソン、わかってます、わかってます」

心の中で大声を上げる、〈ムッシュー・ピキエ、オーケーが出たよ！〉ぼくはノックもそこそこに勝ち誇って彼の部屋に入る。

「オーケーが出たよ、ムッシュー・ピキエ！　オーケーしてくれた！」

両手が少し震えている彼の周りでちょっとした勝利のダンスをする。

六月最初の月曜日に第一回の朗読会を始めることにする。厨房の人たちがこの考えに慣れるための時間だ。二週間のあいだみんなぼくに不機嫌な顔を見せていた。あらゆる種類の意地悪と嫌味。

「ほら、やったじゃないか、寝ようぜ！」

ほのめかしがぼくを指しているのだとしても、ぼくとマソン、ぼくと老人、はっきりとは言われない。どうでもいい。ぼくは自分に言い聞かせる。〈黙ってろ、グレゴ！　無視しておけ。二週間したら厨房の仕事が一時間減るんだ〉

問題はどんなふうに進めるかだ。本屋のじいさんには考えがあるはずだ、絶対に。ぼくは待ちきれない気持ちを隠さない。最初に読む本として何を選ぶのだろう。若かった頃に読んだ本が懐かしいとかそんな気持ちから選ぶのだろうか、それともぼくが楽しめる本を考えているのだろうか。その二つを組み合わせることができるだろうか。本屋のじいさんは抜け目がないから、二つを合わせるだろう。

4

六月最初の月曜。二十八号室。十六時五十分。ムッシュー・ピキエはぼくを待っている。ぼくは一階の厨房で、野菜かごの片付けを終えようとしている。ジャン＝ミシェルはぼくを放さない。時間だ、時間だよ。ぼくたちは十七時と言われていた。ＲＴＬラジオが十七時をお知らせします。フラッシュニュース。彼はようやく唸り声をあげた。

「出ていけ、この野郎！」

エプロンとキャップを丸めてロッカーに入れる。足には中国製のプラスティック靴を履いている。階段を一段おきに駆け上がり、救世主のもとに急ぐ。ドアは半開きになっていた。

「お入り！　お入り！　待っていたよ。準備はできている」

彼は肘掛け椅子にすわっている。両腕を肘掛においていて、スフィンクスだ。ぼくにすわるように言う。ぼくは立ったままでいる。彼は何も言わず、頭でテーブルに載った本を指し示す。手を近づける。ぼくはためらう。

「何のことが書いてあるの？」

「裏表紙に要約がある」

ぼくは心を決める。本をとってタイトルと作者の名を見る。本屋のじいさんから数歩離れたテーブルのそばに立って、彼が裏表紙と呼んでいるものを読む。かつてなかったほどの集中。彼が遮る。

「大きい声で読んでくれ。もう読めなくなった老人のために朗読することになっているのだからな。それが契約内容だと思うが」

「はい、そうですね。おっしゃるとおり」

ぼくは上の空でふざけた返事をする。プレッシャーで頭がいっぱいだ。ひどい記憶が蘇る。「次、ジェラン、続けて！」中学校の国語の授業で、大きな声で朗読する、順番で一人二、三分。三十分くらいのうちに六、七人の生徒がランダムに指され、あらゆる邪悪さを具《そな》えた先生は、こんなふうにして、いつ何時その口から自分の名前が出てくるかと生徒を常にビクビクさせておく。「次、ジェラン！」そして、必ず他のことを考えているときに当てる。読んでいる場所から遠く離れているときに。ある単語、別の単語、ぼくは適当に読む。もちろん、それは先生の考えとは違う。「ジェラン！」

「グレゴワール、聞いているかい？」

本屋のじいさんの優しい声に、ぼくは現実に引き戻される。

「すみません……今すわります、そのほうがいい。近くに行きますか？　それともこのままでいいですか？」

「いいとも！　さあ読んで！　そうそう……」

ぼくは読む。「J・D・サリンジャーの『ライ麦畑でつかまえて』は新訳で出版され、クリスマスの三日前に学校を追い出された若いホールデンの体験を発見、あるいは再発見する機会を提供する……」二四七ページ。ぼくは唾を飲む。こりゃ大変だ。

「何回で読み終わるでしょう」

ムッシュー・ピキエは楽観的だ。

「十回以上はかからないだろう。時間はある、気にしなくていい。さあ、聞いているよ」

彼は目を閉じ、頭を軽く上に向けて、大きく息を吸って付け加える。

「さあ、いいぞ」

もう尻込みはできない、「第一章。ぼくの話を本気で聞く気があるんなら、最初の質問はきっとこうだよね。どこで生まれたの、クソみたいな子供時代はどんな感じだったの……」ぼくの声は頼りないなんてものじゃなかった。本屋のじいさんの顔をチラッと見る。目を閉じているが、それでも眠ってはいない。ぼくは咳払いする。彼の瞼《まぶた》に皺が寄る。

「グレゴワール・ジェラン、続けて！」小さな声がささやく。

しょっぱなで、固有名詞に何度も引っかかる。本の舞台はアメリカだ。ムッシュー・ピキエはフランス語読みすればいいと助言する。適切な発音の正しい英語は、「後で考えればいい」と。そのやり方は気に入った。支配者層と対立するこの若者、それはぼくだ。偉大なファラオについての役に立たないコメント。すごい。それに、友達の誰彼を罵《ののし》るときのひどい悪口といったら。礼拝堂で篤志家が演説しているときにおならをするやつ。ぼくは笑いすぎて読むことができなくなる。ムッシュー・ピキエは涙を拭っている。もう一時間経った。行かなくては、でないと叱られてしまう。満足して、ぼくは宣言する。

「三章、ムッシュー・ピキエ、なかなかですよね?」

ぼくは自分の成果に驚いて、読み終えた二十ページを親指でパラパラとめくる。本屋のじいさんはぼくを独り立ちしようとしている仔馬を見守るように見つめる。

他人の体験を自分のことのように感じられることがあるとは思ってもみなかった。未来に直面しているときに感じる不安。ホールデンの不安はぼくの不安だ。女の子たちとセックスのことが書かれている部分で、ぼくは彼の身になって顔を赤らめる。七月十五日まで、サリンジャーの主人公の言動はぼくのものだった。本の最後の言葉にぼくは感動した。感動して空っぽになった。老人の部屋は突然味気のないものになった。ホールデンは消えた。彼の声は聞こえなくなり、本屋のじいさんの沈黙はぼくに重くのしかかった。きっと、次の本のことを考えているんだ。その点については安心している、この部屋には三千冊あるんだ。ぼくはぐるっとゆっくり見回す。でも奇妙なことにぼくは息が詰まる。部屋が狭くなってくる。広げられた腕が見える、物語がぼくを呼ぶのが見える。ぼくは罠の底に落ちて、そこでは信じられないような約束の光が瞬《またた》いている。急に暑くなった。ぼくは立ち上がる。

七月。太陽。現実が戻ってくる。現実に伴う些細なこと。「みんなに水分補給をさせなくてはね、定期的に。自分たちではそんなこと考えないんだから。あなたがそれを考えるの」

ぼくは喉が渇いていない、たぶん。こんなふうに、七月に年寄りの部屋で一時間本を読むほ

ど本に渇いてはいない。ムッシュー・ピキエがぼくをからかう。信心深い年寄りの声で、丁寧な言葉で、

「飲むんですよ、グレゴワール、お飲みなさい、保健省の指示を知っているでしょう。飲まなくてはなりません！」

ぼくは飲む。

5

三日後、七月十八日。マダム・マソンの執務室。デジタル時計で九時二十四分。彼女はぼくを呼んですわらせる。計画表の作りなおしだ。七月から八月末にかけて、八週間分の休暇の穴を塞がなくてはならない。一人につき三週間をX人、医師、看護師、理学療法士、交換手、保守管理スタッフまで。すべての週で人員の八分の一が日光浴に出かける。計算してみて。頭が痛くなる。おまけに所定のサービスをわずかでも減らしてはならない。マソンが目に災厄をたたえて襲いかかる。

「グレゴワール、緊急事態なの！　あなたには大変な犠牲をお願いしたいの。九月になるまで、厨房から地下のクリーニング工場に配置換えします」

「マダム・マソン、無理です。それだけは！　クリーニング工場、ご存じでしょう、あそこは地獄です」

「レベッカとダニエルには伝えてあります。あなたが来るのを待っているわ。ピキエとの朗読の時間は変わりありません」

〈ムッ、ムッ、ムッシュー・ピキエ〉と内心で考える。〈ムッシュー・ピキエ〉！

クリーニング工場。地獄。とくにクリーニング職人のダニエル。ダニくず。極小サイズの白い綿のタンクトップを着たブルーエの精華。筋肉にとんでもなく馬鹿げたタトゥーをして、それをみんなが面白がっている。とくに、上腕二頭筋をふくらませて、女の子のおっぱいを上から下に動かしていく。最高に面白い。一緒に動くそばに彫られた詩のような文字は言うまでもない。

「おい、インテリ野郎！　少しは動けよ、ここは大書店じゃないんだ」

どこから声がするのかわからない。

「どこにいるの？」

「前に進め、怖がるな」

ケダモノはぼくの頭上、部屋の周りを走っている狭いキャットウォークの上にいた。鉄柱から鉄柱にケーブルが張りめぐらせてある。蒸気の立ち込める室内に天井灯がミルク色の光を投げ、所々が虹色に光っている。中間の高さに採光窓が開いていて外の駐車場に停まっている車の車輪が見える。

「船内を説明する。俺がいる一階は乾燥機だ。七台ある。多すぎはしない、だってばあさんたちは一日二回もパンツを取り換えるんだからな。ゼロ階、おまえがいる場所だ、洗濯機が十二台ある。アイロンかけ機が二台と、戸棚には洗剤のストックが全部入ってる。マダム・マソンから聞いてるはずだがここでは小物しか洗わない。大物、シーツとかタオルは別の部署で洗う。免許は持ってるか？」

「まだ」

「くそ！　あの女、馬鹿にしてんのか。自転車で動く小娘と、歩きのホモ。おまえら仲良くやれそうだな。レベッカはどこだ？」

「知らないよ！　ぼくのことはほっといてくれ。二度とホモ扱いしないで。わかった？　ムッシュー・ピキエはいい人で、教えられることがたくさんあるんだ」

「いつもジャン＝ミミと話してるのはそのことだよ。インテリってのはみんな間抜けだ」

「やめろ！　あんたは仕事を与える、ぼくはそれをやる。口は閉じてろ！」

本屋のじいさんに朗読を始めてからひと月ほどだが、変に伝わったらしく、みんなぼくのことを《インテリ》と呼ぶ。連中は嫉妬深い、みんな自分のレベルに合わせて話を作る。

「一時間年寄りの手コキか。俺もそれで給料もらいたいよ！」

ここで、連中は仕返ししているんだ。クリーニング工場。みんなダニくずを知っている。仕事はケチのつけようがないが、工場から一歩でも出るとかたっぽがなくなった靴下よりも役に立たない。レースの種類によって違った洗濯プログラムがあって、そいつに関しては完璧マスターだ。人間関係のギアに関しては完璧に無視している。締めつける才能を持っている。ぼくは、《インテリ》が間抜けじゃないところを見せようと全力を尽くす。頑張って、死にそうだ。

レベッカは哀れだ！　素足にみっともないゴムの靴を履き、調理キャップをはすにかぶり、いつも汗をかきビクビクしている。犠牲者。ぼくは、ダニエルなんて情けないやつにすぎないとわからせようとしているけど、どうしようもない、とことん利用され尽くしている。上っ張りの下に手を突っ込んで撫でたり、上っ張りなしで撫でたり。綺麗になった洗濯物の山でくんずほぐれつしたり。これを黙って見ていることは、危機にある人を助けないということではないのかと何度思ったことか。でも、一度も口を出さなかった。聞きたいなら言うけど、ぼくだって怖いんだ。

毎朝、廊下でもそうだ。入居者の姿は見ない。介護助手が準備しておいた袋を集めて回る。便の臭いがする。血。反吐《へど》。人体から出てくるあらゆる成分。番号が振られた布袋を台車に積む。下請けに出す中身はノートに記録する。個人の服は、林間学校の時みたいに名札がついている。この仕事で唯一楽しいのは、道を逆にたどって、アイロンをかけられ、きっちりたたまれ、洗剤のいい匂いのする持ち物を一人ひとりに届けるところだ。ブラウス、手編みの、機械編みのベスト、アクリルのネグリジェ、ショール、パジャマ、アンダーシャツ、ズボン、ドレス、スカート、ハンカチ、パンティーストッキング。ムッシュー・ピキエはそれを「はなばなしいパンツ」と呼んでいる。ぼくは鈴で知らせる。山の涼しさを歌う小さな鈴。まあ、じいちゃんたちはよそよそしく、たしかに礼儀正しいけど、こうした補給業務はほとんど重視していない。アルツハイマーの人たち、認知レベルがかなり下がっている人たちは、鈴の音にもぼくの「こんにちは」にも、何に対しても反応しないから、全部一人でやらなきゃならない。下着を引き出しにしまい、ドレスやズボンをハンガーにかける。ベッドに横になってうとうとしていたり、肘掛け椅子にすわって眠り込んだ地球の沈黙を観察したりしている。ぼくは最悪の方法で終わっていく生命を見ている。まだ陽気さを失わないばあちゃんたちだけが、クリスマスにしか会えない孫を迎えるようにぼくを迎える。ばあちゃんたちは、もう使い道のない優しい愛情でぼくを息ができないほど抱きしめる。ぼくは、「ああ、優しい子……グレゴワール、かわいい子……タンスの上に置いておいて、後で片付けるから」といった言葉をもらう。

ぼくは汚れたものをできるだけ吸い込まないようにマスクを要求しなくてはならない。臭い、蒸気、埃、繊維クズ。自分を守るのは当然だ。ぼくはそんなもの欲しくはないんだから。

ダニくずは長く働いていることを自慢していて、それがサディスト的な快感によって強化され、自分の持ち物であるレベッカと、おかまの部下であるぼくへの態度がさらに厳しくさらに不快なものになっている。ぼくがいくら逆らっても無駄だ。彼の肉体的な力が最後には物を言う。ぼくはいじめと嫌がらせに負ける。尻を叩く、睾丸に手を当てる、耳を爪で弾《はじ》く。全部やられている。ぼくは頭の中で彼を乾燥機に押し込む。扉を閉めて温度を高くする。最高温、粗木綿用。

ああ、仕事の世界ってなんて楽しいいんだろう！　誰に愚痴をこぼせばいい？　母さん？　無理だ。ムッシュー・ピキエ？　こんなことで彼に面倒をかけたくはない、朗読、それは神聖だ。ぼくは歯を食いしばり、少しずつ、それが効いていく、ぼくを縛っているすべての結び目が、大きな声で読んでいくうちに解けてくる。一ページごとに、あの暴君がぼくにしみ込ませた屈辱が一つひとつ消えていく。朗読の時間が終わると、ぼくは落ち着き、安らかになり、怒りはすべて消え、ブルーエから、ダニーとのゴタゴタからはるか遠くにいる。没頭してすべてを忘れる。朗読が終わると、洗われ、すすがれ、幸せな気持ちになって現実に戻る。本屋のじいさんに抱きついてキスしたいところだけれど、とりあえずは握手する。ぼくたちは仲間だ。共謀者だ。

6

ある日、本屋のじいさんのご近所さん二人、元中学の音楽教師であるマダム・モレルと農業を引退したマダム・ジルーが、腕を組んで廊下を歩いているとき、ぼくに救いの手を差し伸べた。

「ねえ、グレゴワール、ムッシュー・ピキエに本を読んであげてるって聞いたけど、マダム・ジルーとわたしもその機会を利用できないかしら。いい変化になると思うわ」

二人は肘でつつき合っている。この二人は本屋のじいさんの居室について噂されていることが本当かどうか自分たちで確かめたくて、部屋に入りたがっているのではないだろうか。

「想像できる？　あと五十冊余計に本を入れるためにテレビを持たないことにしたんですって。入ったとたんに息が詰まるらしいわ。わたしなんてね、本は二、三冊あればそれで十分。息ができるスペースが必要なの。部屋は狭いからね」

ムッシュー・ピキエはすぐにはうんと言わない。優しい態度で待たせている。お願いされるのが好きなのだ。事を推《お》し進めたのはぼくだ。

「ムッシュー・ピキエ、二つ目の椅子をここにおいて、三つ目のをあそこに置けばどうでしょう。ええ、少し窮屈ですね……でも、いい感じじゃないですか？」

「少し考える時間が欲しい」

彼の頭の中ではもうオーケーになってるんだけど、いちばんいい方法をとりたいんだ。三日後、朗読の終わりに、

「グレゴワール、あの人たちにモーパッサンを読んであげなくては」

「誰、それ？」

「ギー・ド・モーパッサン、十九世紀の著名な作家だよ。三百近い中短編小説を書いている。長編が六冊。Mのところを見てごらん。全部アルファベット順に分類してある」

ぼくは見る。マラパルテ、マリヴォー、モーパッサン。モーパッサン全集。

7

九月一日、悪夢は終わった。ぼくはようやく厨房に戻る。八月の末にレベッカが休みを取ると、ダニーの慰み者となるのはぼくしかいなくなった。回収、仕分け、洗濯、乾燥、アイロン、返却、すべてぼくがやった、一人で。ソファに寝そべって、スマートフォンでソリティアをしながらやつは仕事を監督していた。六週間前は耐えられないと思っていた厨房のあれこれ、臭い、熱気、レンジの熱さがみんな、今日はすべて歌いだしたくなるくらいに嬉しい。ムッシュー・ピキエはぼくの上機嫌を面白がった。

「恋でもしてるのか？」

「ぜんぜん！　クズから解放されたんです。どれほどホッとしたか」

ぼくは一気にすべてを話した。レベッカの受けているハラスメント。ぼくが受けているもの。同僚の沈黙。所長が保護しているアンタッチャブル・ダニー。ムッシュー・ピキエは唖然としてこの《沈黙の掟《オメルタ》》に立ち向かう。所長の執務室に話しに行く。数週間のうちに二度目だ。話し合いはすぐに終わるだろう。マダム・マソンはいつもの彼女だ。

「ムッシュー・ピキエ、お優しいんですね。彼と同じくらい上手く仕事をやれる人を見つけてきてくださいな。話はそれからです。わたしとしてはなんの問題もありませんから、何も変えるつもりはございません」

はっきり言って、ムッシュー・ピキエは彼女に失望した。悔しがってはいたが打ちのめされるには程遠く、瞳を輝かせてぼくにささやく。

「心配するな、グレゴワール。どうにかする、わたしを信じなさい」

そして、彼の高揚や気まぐれでぼくに迷惑をかけたりゴタゴタに巻き込んだりすることはないと保証し、ぼくの最近の災難から思い出したのか自分の話を始める。

「昔の信念……信念……信念か……二十歳という歳では、わかるだろ、立派な言葉がたいそう好きなものだよ。『不正義は、受け入れる者たちに与えられる分け前だ』わたしが学生の時に主張していたのはこの種の言葉だ。主張しなければ何も手に入らない、そんなところだ。生きているあいだ、戦わなくてはならん。わたしは活動家だった、そうとも、グレゴワール、わたしは革命を信じていたんだよ。びっくりしたかい？　ああ、ああ！　そうとも、グレゴワール、わたしは『偉大なる夕べ』を、既成秩序を打ち破った後の素晴らしい日々を信じていた。わたしは赤も赤、あんまり濃くてほとんど黒に見えるくらいだった。心配ない、すぐに人生が君に追いつく。わたしは濃い赤からただの赤に、そして淡いピンクになってしまった。だが、君のおかげで色を取り戻したよ。たしかに色あせてはいるが、それでも」

彼が奮い立った様子が好きだ。全身が若返る。

「本屋になる前、わたしは植字工だった。新聞社にいた。実地で技術を身につけた。学校を出る時に見つかった唯一の仕事だった。新聞社ではみんな狂ったように働いていた。社員は二百人以上だった。わたしはすぐに組合に入った、熱心な活動家だった。わたしは受け取る給料の割合の不公平さを受け入れられなかった。わたしは十年頑張った。三十五歳でわたしにはまだ選択肢があった。無駄なことを目指して永遠に戦い続けるか、それとも定年に照準を合わせる戦いの列に加わるか。そうして自分が嫌になるか。わたしは変化を選んだ。飛躍、冒険、自分で起業する。わたしには本屋になるという夢があった。本に助けてもらって、最終的な戦いという理想を広めるのだ。後になってからならはっきりと見るのはたやすい。直面している時には必ずしもまっすぐ真実に到達することはできない。直観的にそうするのだ。だが、ブルデュー、バルト、フーコー、フロイト、マルクスとかそういった作者の本を読むと光を与えられ、その光を伝えたいという気持ちになるのは確かだ」

　ムッシュー・ピキエはもういつもとは違う。パーキンソン病もおとなしくしている。どこも震えていなくて、ただ声だけが熱情で震え、ぼくもこれまでのグレゴワールではなくなっている。何週間も虐待を受けた後で、ぼくの理解の範囲を超えてくらくらするような特殊用語だらけのこの老人の話を聞いていると、幸せな気分になり、ぼくの胸にはうっとりするような痛みが生まれる。これは事実だ、息のしかたまで変わっている。

「自分の考えを深く信じ込んで活動し、他の人を幸せにするんだと、その人に訊きもせずに主張していると、問題が残る、本当の問題だ。離れてみればすぐに、その限界がはっきりと見える。本屋ならどうなるのか、これは例だが、本屋は常に他人より先に本を読める。思い上がりだな。他の人より早く読んで、どの本が重要で、どの本が重要でないかを決める。なんの権利があって？　なんの権利があってある作品を他の作品より優先して広める権利を我がものとするのか。その権利は何によって与えられる？　そこでこんな役割があるんじゃないかと思いつく。その役割は、好みによって、熱狂具合によって、それに気まぐれによって『この本を読みなさい』とか『この本は読むな』とか言う権利を君に与える。多かれ少なかれ顧客の人となりを知っているからそれができるんだ。たくさん本を読む人、少しだけ読む人、大人、子供、男性、女性、好奇心の強い人、急いでいる人、ふらっと寄った人、そして店に来ないすべての人、わざわざ来ない人、ただ知らない人」

二時間でもしゃべっていそうだ。遮ることは不可能だ。

「知的冒険とは別に、日常触れ合っているのは人間の性分だ。日常に触れれば触れるほどドグマからは遠ざかる。レジの後ろに貼られたチェ・ゲバラのポスターから始まり、ＰＯＰに使われるお気に入りの作家の写真に終わる。極端だよ。姿勢の変化は」

「ＰＯＰ？」

「あ、すまん。あらゆる職業には業界用語があってな。ＰＯＰというのは店頭での広告という意味だ。この段階に来ると、本屋としては大人だ。その前は青年だった。本は君から他者につながる道だ。そして、君自身にいちばん近い他者とは君なのだから、君は自分につながるために本を読むのだ。自分から逃げるために本を読むのだとしても。一種の自力による他者性の獲得だな」

全部理解できたかどうか自信はないけれど、試しに言ってみる。

「『ライ麦畑』でぼくが経験したようなことですか？」

「そのとおり！　二人のお隣さんたちの件で時間をかけた理由はこれだよ。まずい組み合わせにならないように、聞き手と作品をレベル分けしなければならない。どんな作品もすべての人に合えばいいんだろうが。嫌かもしれないが言っておくと、どんな本でも誰と一緒でも読めるというものではない。次の朗読会は、ギー・ド・モーパッサンだ！」

8

目標、二頭のガゼルを誘惑すること。モーパッサン全集の要約からムッシュー・ピキエは二十三の短編を選び出した。短くて、おかしくて、明るい短編だ。二人にまた聴きに来たいと思わせるように。今回は、本屋のじいさんはぼくに準備を命じた。初見で読むのは終わり。次の段階に移ったのだ。

「本を持ち帰って練習しなさい。大体の時間を測る、そうすれば一回の朗読会でいくつの短編を読めるかわかる」

モーパッサンとは別に、ぼくが読みたい本はなんでも貸してくれる。ぼくの部屋は少しずつ本に侵食される。どうして今までぼくの部屋には本がなかったんだろう？　どういう理由で？　母さんの耳に入らないなら答えたい。母さんは家で仕立てをしている。女性と布の世界だ。毎月の締めをするのに十分なお金があったことは一度もない。父親は喉の蜂窩織炎《ほうかしきえん》から死んだ。ぼくが一歳の時だから、ぼくは父親を知らない。そのことはたいして悲しくもない。

母さんにとっての読書とは、ぼくが努力して理解したところでは、贅沢《ぜいたく》、なんだと思う。金銭面での贅沢、時間の贅沢。夜には仕事で目が疲れている。母さんの顧客は、友達、知り合い、時には、婚約式、結婚式、洗礼式のときなどに口コミで仕事ぶりを聞いた人たちなどで、遠くから注文がくることもある。休みなく働いている。まったくの貧乏というのではなかったけれど、いつでもかつかつだった。本は高い。一冊でも買わないにこしたことはない。

それを聞いた本屋のじいさんは爆発する。

「君の母親はどうして図書館に登録しないんだ？」

この小さな町にあるのはメディアライブラリと付属施設で、三万人の住人に十万冊の本がある。すべてが無料だ。

「図書館、中学、高校、小学校に書店など、本に関わる仕事をしているわたしたちは、ここ何年も手に手を取って登録を進めるように働いてきた。信じられないよ。わたしたちの活動、わたしたちのスローガン。誰もがどこでも本が読める。みんなそれを信じている。それなのにこうか！」

「怒らないでよ、ムッシュー・ピキエ、でないともう何も話しません。こんなふうなんです。みんながみんなあなたのように運がいいわけじゃないんです。ぼくはここにいます。最高じゃないですか。あなたといて、遅れを取り戻せるんですから」

「そのとおりだ！　そのとおりだ！」

9

毎日、十六時三十分ちょうどに、マダム・ジルーとセレスティーヌ・モレルがぼくたちに加わる。ぼくは三十分かすめ取った。本屋のじいさんの助言を守る。パソコンがないから、手帳に短編の朗読時間をメモする。

「装い」 二十分

「トワーヌ」 二十五分

「ベロム師の獣」 二十分

「売りもの」 二十分

ぼくはそれぞれの調子も数語で書きつける。作品の調子じゃなく、三人の聴き手の健康状態だ。それは聞き取り方にも関係してくるからだ。時には欠席ということも。理学療法、レントゲン、血液検査に行かなくちゃならないかもしれない。次に長編に近い長さの作品に進む。

『メゾン・テリエ』 一時間の会が二回

『脂肪の塊』 一回だけ

「グレゴワール、これはわたしじゃなく言語学者が言ってるんだが、言葉、それは時間だ。君が巻き込まれている時間は、聴き手も同じく巻き込まれている。絶対に長すぎないように気をつけなさい。わたしたちはもう二人だけじゃない。君の前に三人いる。三人はグループの始まりだ。グループというのは揺れる、呼吸する、議論する。一、読み取る。二、口に出す。三、消化する。それがほとんど同時に行なわれる。それをフィードバックという」

彼の言うことに反対するのは難しい。というのは、ぼくはそれを新しい聴き手、マドレーヌとセレスティーヌ相手に楽しんでやっているからだ。ギー・ド・モーパッサンがアイデアを得ていたという三面記事から持ってきた、相続、不倫、痴情犯罪、さらわれた子供といった物語は、一回の朗読会の中で名士、工員、農民といったさまざまな人々によって体験される。人間が道をそれてやらかしかねないこうしたおぞましい行為は二人の女性に強烈な喜びをもたらす。二人はコメントを挟んだり、議論を始めたりで、朗読会の三分の一をそれに費やすこともよくある。一つの短編が終わったときにはそれ以上にもなる、マダム・ジルーがくすくす笑いながら指摘するように……「頑張れ、いいぞ！」ムッシュー・ピキエはこっそりとぼくに目配せし、二人が出ていったとたんに保証する、「グレゴワール、二人の心を摑んだな」

朗読会を重ねるにつれて、ぼくは朗読者になっていく。どんな調子にするか、どんなふうに会話を生き生きとさせるかを彼に注意されなくとも、彼の部屋で、ぼくは一人で、名士になり、年寄りの農婦になり、高い声、中音、低い声と微妙な差をつける声の響きだけで、この人間からあの人間と成り代わることが面白くなっている。マドレーヌとセレスティーヌは、正義が果たされると喝采し、暴力的な男の態度に息を吞み、お互いに気持ちを確かめ合い、本屋のじいさんに意見を訊く。

「ムッシュー・ピキエ、この人が正しいなんて言わないでくださいよ。モーパッサンは大げさに言ってるのよね？」

二人は様々なドラマに共感したが、愛の物語をとくに好んだ。一つの物語を読み終わると、ぼくも同じだが、物語によってかきたてられた感情や、ぼくたちの中にとどまって暗闇に一人で怯えている子供を安心させる幽《かす》かな明かりをまたすぐにも感じたいと待ち焦がれるのだ。

10

本屋のじいさんはぼくに朗読の仕方を教えてくれると約束していた。

「いいか、これは単なるピリオドではない。これはサスペンスなんだ。息を吸え。空気を取り込め。これは最重要だ。君にとってもだが、なんといっても作品にとって欠かせないものだ。本というのはひと息で書かれるものではない。本を書くのは後悔を付け加えていくことでしかない。ろうそくの端から端まで。炎がしだいに移っていくようにするのだ」

「本を書いたことあるの？」

「まあ、最後まで聞きなさい。人前で本を読むのに肝心なのは、作品がそこで生まれたばかりのもののように聞かせることだ。もちろん、本は目の前にあるよ。君が手に持っているのだからね。だが、作者が白紙の状態から生み出したのと同じように、文章を探すのだ。初めてであるかのように」

「すると、はったりをかけなきゃいけないってことですか？　ぼくが発見したんだと思わせるようにしながら、完璧に読まなきゃいけないってこと？」

「そんなところだ」

ぼくは勉強する。そして勉強のために自分の言葉で表現する。高校の成績は最低だった。綴りと文法、ゼロ。動詞の活用、ゼロ。詩の諳誦、ゼロ。ここでは、成績がいい。ぼくは本能的に精神を粉砕する表現を見抜く。抑制された表現では声を弱める。ムッシュー・ピキエはぼくに彼のいわゆる序列を説明する。

「作品の中には、わたしが《頂上》と名付けたものがある。言語の大いなる冒険、そこには遠くから見ても新しい光の兆しを見て取ることができる。いいか、人を熱狂させる光、日の出あるいは日没の時の捉え難い緑の光、いつ何時でも熱い風によって四散する雲、緩やかな翼の渦巻きの中で大きくなるコンドルの夢。孤独、高み。そしてその下を探せば《裾野》がある。控えめな作品たち、物音を立てずに前進し、最も小さな氷河から最初の一滴が融けて滴り落ち、谷底まで歩みを止めず進んでいく。平野の終わるところまで、海までも。そこには大いなる未知が待っている可能性がある。そして《凡庸》だ。人々のほとんどはそこにいる。少なくとも数はいちばん多い。あとは《裾野》と《頂上》のあいだをどう歩いても君の好きなようにできる。書庫には様々な要素を具えた本がくらくらするほどある」

11

ムッシュー・ピキエはゲイだ。みんな知ってる。それは公然の秘密で、老人はそれで悪ふざけしているが、年のせいで許されている。冷やかしや下品な冗談など、老人はそんなものはすべて耳にしてきた、両親からの言葉も含めて。

彼が同性愛者だと聞かされて、父親はまぎれもない怒りで彼を殴った。涙も見せず、反抗の言葉も出さず、若いジョエル・ピキエは我慢して、わずかではあったがそれまで大切にしていた品物をまとめて父母の家に残し、文学部に入学するために大きな街に向かい、別れも告げずに家を出た。深く傷ついて。

以来両親には二度と会っていない。両親のほうも、彼がその後どうなったのか知ろうともしなかった。彼が愛していた母親でさえそうだった。父親の暴力に対して反対するべきだったのに戦いから逃げた母親を彼は責め続けるだろう。彼にとってその時の母親の沈黙は裏切りであり父親への加担だったのだ。父親が彼を殴ったとき、母親は何も言わなかった、彼を守るためのひと言もなく、打擲《ちょうちゃく》を妨げようとする動きもなかった。殴られたことよりも、その逃げの態度が彼を孤児にした。

癒しようのないこの傷について打ち明けるとき、ムッシュー・ピキエはひそやかに泣く。右手を目庇《まびさし》にしてできるだけ隠そうと顔を伏せて膝に向ける。その膝は幽かに震え始める。ぼくをすごく信頼している証だとはわかるが、ぼくは困り果てる、なんと言っていいのかわからない。

「昔のことですよ、ムッシュー・ピキエ、忘れなくちゃ」

「そうできたらと思うよ。だが、何かを消し去ることなんてできないと思っているんだ」

その反対に、彼はぼくたち職員を面白がらせるために大学生の頃の浮かれ騒ぎの話を聞かせる。エイズが劇的に火遊びを鎮める前の素晴らしい恋の季節。馬鹿にする人もいる。偏見はなくならない。彼の変人ぶりを大目に見て優しく耳を傾ける人もいる。ムッシュー・ピキエはパーキンソン病で、性欲もなくなった老人でしかないと思っていればなおさら優しくなれる。

肉体は損なわれていても、彼が自分で言うように「もう見せるものは、皮も身もなく芯と種しか残っていない」としても、以前はすごくハンサムだったこと、そして彼が男性のほうを好むことを女性たちが激しく恨んだことは容易に想像できる。隣人のマドレーヌとセレスティーヌは言うまでもない。他のことを全部考えから追い出して焦点を一つのことに合わせると、彼の誘惑者としての大きな力は、二十歳の頃から何一つ失われていないその青い瞳に隠されている。ムッシュー・ピキエは魅力的な人物で、その魅力に抵抗できる人は滅多にいない。

ぼくを個人的に感動させるのは、彼が愛した人のことを語る言葉の優しさだ。探るような愛撫を受けた気持ちになる。「その日、わたしは彼と……」その後は愛情に溢れた言葉がとめどもなく続く。ぼくから見て彼は、地上で最も美しい恋人を持ったことを誇ってもいい。彼が何年も経った今でもその人に抱いている愛は、他の人たちをすべてその他大勢の役に追いやってしまう。

しだいに「彼の恋人」はほとんどぼくの恋人のようになってくるけれど、ぼくはその人の名前も知らない。ムッシュー・ピキエは心の奥にある庭園を踏みにじってほしくないのだ。話すときはいつも「わたしの恋人」だ。枕元のテーブルにある一枚の写真に、砂利の多い浜辺でお互いにうっとりしている二人が写っている。ぼくが知っているのは、その人がポルトガル出身の画家だということだけだ。実は、ぼくはどこにでも出てくるこの愛に悩んでいる。嫉妬？ぼくは何を期待し望んでいるのか？　この老人の現在に自分の居場所が欲しいのか？　仲間？生徒？　友人？　腹心の友？　同僚たちはぼくを《インテリ野郎》と呼ぶ。マソンの言い方を採用する人たちもいる。彼女にとってぼくは《ピキエのお気に入り》だ。馬鹿だけが食べるケーキの上のサクランボっていうのもある。それはもちろん男たちの話だ。本当のこと、厳しい言葉、それはいつも男たちだ。女の人たちは違う。廊下で女らしい声で、「それで、彼は元気なの？　坊や」彼くらいの年の男の坊やだなんて、馬鹿みたいにしか思えない。こういうのは、毎日強くなる結びつきに対する攻撃よりも、悪口としてはたいしたことない。ぼくは誰の坊やでもない、誰かが考えているような父親とか祖父との関係でもない。ムッシュー・ピキエはぼくにチャンスをくれる人だ。彼のおかげでぼくは朗読者になった。

12

ぼくは彼にノンと言えたはずだ。ぼくはウイと言った。あの馬鹿どもへの挑戦として。数週間前から、ムッシュー・ピキエはぼくたちの用語で言うと落ちていた。ある居住者が機能低下していることを婉曲に示す用語だ。心臓は痛むし、息もしにくい。歩くとき、あるいは少なくとも肘掛け椅子からトイレに行くために部屋の四方にある棚にしがみついてつたい歩きするとき、彼は背を丸めて前かがみになり、一歩ごとにどこかに行ってしまいそうな重心を確かめている。肉体的に疲れるだけではなく、精神的にも苦しんでいる。それなのに、不思議なことに多くの老人とは違って、身だしなみへの気配りを持ち続けている。清潔でいること。きちんとしていると感じること。人間関係がバラバラになっているこの場所で、自分の社会的イメージをできるだけコントロールすること。毎日のシャワー、これが最低限の要求だ。ブルーエのどの居室とも同じで、彼の部屋のシャワー室は滑り止めの床とプラスティックのシャワー椅子、三方の壁に手すりが装備されている。彼はもう一人ではシャワーを浴びられない。ただ転んだだけでおしまいだ。骨折。寝たきり。褥瘡《じょくそう》。悪循環。介護が必要になっているのに、彼はごくたまにしか要求しない。

「グレゴワール」彼はためらいながら希望を打ち明ける。「シャワーなんだが、なんとかできないか。今日から、できれば君に介助してもらいたい。女性は優しいけれど、視線が気になるんだ。シャワーが苦痛になってきた」

ぼくの目に驚きが浮かんでいたに違いない。

「女性たちにこのことを言った。何も言わずに笑ったよ。ああ、わかってる。噂だな。放っておけ。馬鹿は一生ついて回る」

ぼくは黙る。頭の中には早くも、安心してシャワーを浴びてもらうためのやり方が浮かんでいる。これを聞いて、女性の同僚たちは感じよくてちょっとしたコツを伝授してくれる。ジャン＝ミとダニくずの話はしない。やつらの悪口なんか気にしない。ぼくの頭の中でもあらゆる親密な動作が好き勝手に展開されている。どういうふうにやればいいんだ？ これまでの朗読のとき、ぼくたちは向かい合って、時々は並んで、本の言葉による精神の接触以外に現実の接触はなかった。ぼくたちの契約は本を通してのものだった。ぼくたちは触れ合うことになる。もっと正確に言うと、服を着たままのぼくがシャワーの下にいる裸のムッシュー・ピキエに触ることになる。どうやったらやってのけられるのだろう。

ムッシュー・ピキエは必要とあれば単刀直入になる。

「わたしを触ってくれとは言わないよ。まだ金玉に石鹸を塗るくらいはできる。この仕事で君の役目は、わたしが立っているのを助けることと、苦労しないと届かなくなった場所を洗うことだ。たとえば背中とか脚とか。かがむことができなくなってしまったんだ」

少なくとも、これではっきりした。二人とも浴用ミトンをしている。他の決まりを作る必要はない、言わずともわかる。老人がもう届かないと言う場所に石鹼を塗って洗い流せばいい。

「みんな、最後まで持っているのは自分の理想的なイメージだけなんだ。それには、写真が役に立つ。多かれ少なかれ昔に撮られた写真にはハンサムな姿が写っている。それ以上考えることはない。体は時の流れに屈しているのに、気持ちのほうはその画像に閉じ込められたままだ。それが基準になって、鏡の中からこちらを見ている知らない男とつき合うのはごめんだと思うまでになる。鏡を取り払ってくれと頼む人間もいる。時には、家族がそう頼んでくる。わたしは絶対にそうはならない。わたしは、その鏡の中にいるほとんど知らない人間と話をするのが好きだ。大きな声で話をする。からかったりもする。わたしたちのあいだに愛情はない。新しい仲間だ。落ち込んでいるときには元気を与えてくれる。他人の前では幻想を維持するのは簡単だ。服が隠してくれる。女の人は髪型で隠せる、男のほうは、頭に何も残っていないが。うまくやってのけたとしても、顔と手は変化している。わたしは、こんなゲームはしないよ、『さあ、何歳に見える?』何歳でも好きなように見てもらってけっこう。わたしは裏の姿を知っているからね、シャツの下はおぞましいよ」

ぼくは同意する、彼のシャツの下はおぞましい。泡でいっぱいになったミトンをはめたぼくの手は、小さな円を描きながら腕、背中、脇の下から胸へと進んでいく。臍《へそ》で止まり、背中は腰で止まる。かがんで、太ももから再開して足まで。足の親指は水の中だ。体じゅうで皮膚が垂れ下がっている。首の下で垂れ下がっている。胸の下も。腕の後ろ側も。ムッシュー・ピキエは目を閉じる。鼻歌を歌う。ぼくはできるだけ優しく、同時に機械的に冷たくできるように頑張る。万能執事のように確実な動作で、すべてを目にして、見たことについて何も考えない。ぼくの顔には水滴と汗の粒、自分の仕事に満足して立ち上がる。ムッシュー・ピキエは泡だらけの小さな体で微笑んでぼくに礼を言う。それから彼を洗い流し、シャワーに長い愛撫をまかせる。水が止まり、両手で手すりにつかまった老人が残る。

「ありがとう、グレゴワール。いいチームワークだ」

ぼくは根気よく彼の体を拭く、将来有望な選手にコーチがやるみたいに。十分のあいだぼくはひと言も口にしなかった。

「変ですね、頭の皮膚がすごく柔らかできめ細かいです」

彼は面白がる。ぼくが言ったことのどこが面白いのかわからない。彼は赤ずきんちゃんの話を思い出したからだと説明する。

「それはね、おまえを誘惑するためだよ！」

ダニーとジャン＝ミは陰でもっとひどいことを話している。言いたい放題だ。二人に言わせると、ムッシュー・ピキエはぼくに金を払ってて、所長は仲介料をもらってるんだそうだ。マダム・マソンは二人を黙らせた。

「あなたたち！　ブルーエを売春宿だと思ってるの。間違っているわ。グレゴワールは仕事をしているの。きちんとやっていると思っています」

ぼくの給料はぜんぜん変わらない。

13

万聖節の日に、ぼくたちは現状を分析する。ムッシュー・ピキエにためらいはない。

「グレゴワール、もうすぐクリスマスだ。大きな一歩を踏み出す時だ。今の朗読会はなかなかいい感じだ。この輪をぐっと大きくしたい」

「……」

「毎年、ホームではホールでちょっとしたお祭りをやる。もみの木。電飾。この時のために、孫やひ孫も連れて家族総出でやって来る。見ればわかる、茶番だよ。全員がティノ・ロッシのクリスマスソングを歌わなきゃならないと思い込んでる。涙が出るよ。そしてもちろんサンタクロースと一緒に写真撮影だ。サンタクロースの前で、隣で、膝に乗って。プレゼント。包み紙。何もかも揃っている。最高なのはなんだと思う？　グレゴワール、当たりっこないぞ。ヒゲと赤い服の背後にいるのは誰だ？　どうだ？　言ってみろ」

「いや……わからない」

「ダニーだよ！」

「信じられない！」

「君の最悪の敵だ。間抜けが服を着たその当人だ。とにかくやらなきゃならん。わたしはあいつに恨みをはらすと誓った、ピキエの約束だ。受け取ってもらう」

本屋のじいさんがすべてを決める。ぼくは従うだけだ。ぼくは子供と大人を相手に朗読する。そして退屈させないように、彼の言う『アルバム』を読む。二つか三つ、それ以上ではない。チビたちはプレゼントを待ちきれないから。どうやればいいか彼が教えてくれる。何年ものあいだ、毎週水曜日に役者の女性が彼の書店に来て子供たちに読み聞かせをしていた。彼女はアルバムの裏に隠れ、子供たちは表の絵を見て、彼女は裏に書かれた物語を読む。馬鹿ばかしいやり方だけど、ページをめくる正しい瞬間を摑まなくてはならない。彼は震える手で、ぼくがどこに手を置くかを教えてくれる。物語のリズムに合わせる微妙なタイミングをぼくはすぐに呑み込んだ。

ブルーエ・ホーム。十六時三十分。土曜の午後、二十五日の三日前。一階のホールに、話のとおり、移動不可能な居住者を除いて全員が揃っている。大きなもみの木は天井に届き、樹脂のいい香りがしている。電飾が点滅している。クリスマス飾りが箱から出されている。子供たちが抱きとめようとする年寄りたちの手を避けながら部屋じゅうを走り回っている。

「かわいいこと！」

親たちが目を細める。家族連れで集まりにやって来た職員と配偶者たちが、他愛のない話をしている。マダム・マソンが挨拶する。

「クリスマスを祝うために集まってくださった皆さん、ありがとうございます。わたしたちも、ホームにいらっしゃる親御さんたちも非常に嬉しく、また感謝しております。例年のように、サンタクロースがやって来ます――（子供たちの歓声）。全員がプレゼントをもらったら、ジャン＝ミシェル、マリー＝オディル、シャンタルが皆さんのために作ってくれたビュッシュ・ド・ノエルを食べましょうね。子供たちにはジュース、大人にはシャンパンが出ます。（拍手）。ですがその前に、ご存じの方もいらっしゃると思いますが、リテレール・ビス書店を三十五年間経営なさっていたムッシュー・ピキエと、数か月前からムッシュー・ピキエに朗読をしているグレゴワールが、皆さんのために演《だ》し物を用意しています」（拍手）。誰かが小声で言っている。

「グレゴワール、ほら、仕立て屋のジェランのところの」

ムッシュー・ピキエはもみの木のそばの肘掛け椅子で待機の姿勢に入る。ぼくは勇気を奮い起こす。本屋のじいさんは千回も繰り返した。

「聴衆が落ち着くまで絶対に始めるな。小さい子供たちは床にすわる。大きな子たちは適当に。じいさんばあさんたちは椅子や車椅子にすわる。後ろのほうには子供の親や職員が立つ。時間がかかるが待つだけの価値はある。聴衆に聞く用意ができるからな」

ナジャの『青い犬』の始まりだ。最初の場面。家の戸口に小さな女の子がいて、膝に人形を載せ、ちょっと離れたところにいる青い犬にお菓子のかけらを差し出している。犬は首を傾《かし》げ、耳と目は恥ずかしがっているようだ。「かわいそうな青い犬、捨てられたみたいね、女の子は犬を撫でながら言う。チョコレートパンを犬と分け合う」シーッという声も手伝って、ホールは静かになる。口がぽかんと開く。物語のハッピーエンドで熱い喝采が湧き起こる。ぼくは、汗びっしょりで、驚きとひそかな満足の入り混じった気持ちで赤くなる。〈みんなの気持ちを摑んだ！〉

彼に言われたとおりにお礼を言う。続きを始める。ステファニー・ブレイクの『うんちっち』は大成功を収める。アンコールと指笛。「もう一つ！　もう一つ！」サンタクロースが待っている。ホールと玄関をつなぐ廊下に姿が見えるような気がした。ムッシュー・ピキエが話をする。

「サンタクロースがやって来る前に――（子供たちの歓声）、ホームの洗濯屋さんに捧げる本をグレゴワールが読みます」

同僚たちのあいだにささやき声が広がる。マダム・マソンの口元は微笑んでいるが、眉は顰《ひそ》められている。《わたしのピキエ》がどんな人間かを知っているだけに、ひと騒ぎがあるのではと恐れているのだ。家族たちはとくに反応しない。ダニー・サンタクロースは自分のことが出てきたので驚いて顔を上げ、耳をそばだてる。

「ダニーは病気で今日は来られませんでした。ユーモアがあるからこの物語が気に入ったはずなのに残念です。回復を願っています」

同僚のいるあたりから嘲《あざけ》るような笑いが聞こえる。レベッカが怯えてぼくを見る。ぼくは言いつけだから仕方ないんだよというふうに肩をすくめ、口を尖らす。

「サンタクロースがやって来たら、ダニーに持っていってもらうようにこの本を渡しましょう。

グレゴワール、どうぞ！」

ぼくは題名を言う。コレット・パルベとジャン＝リュック・ベナゼの『怪物の口の中で』、同僚からドッと笑い声があがる。長い間押し込められていた蒸気が弁から吹き出すように。ダニくずを女の子たちは嫌っているし、男たちは口をきかない。マソンは一つのものしか見ていない。計画表だ。家族たち、疑い深い子供たちの目の前で、ブルーエの悲喜劇が繰り広げられている。ぼくは本の陰に隠れて、当事者の反応は何も見ず、何も聞いていない。彼はもう少しで綿のヒゲをむしり取り、ぼくたち愚か者に叩きつけようとしていた。マダム・マソンがひそかに彼に近づき、引きつった声でささやきかける。

「ダニエル、お願いだからサンタクロースの役目を忘れないで」


そのあいだに、怪物の物語、手術で大きくなった小さな口や、小さい、小さい、小さいままだったお尻の穴の物語は終わりに近づき、みんな大いに喜んでいるが、とくに同僚たちはダニーに対するからかいを見て取る。「彼が死んでいるのを見て、森の動物たちは歌い始めました。ああ、悪いあいつは食べすぎた！　上から入ったが下からは出なかった。いいことだった」わざと短い間を取る。家族、子供たち、じいちゃんばあちゃんたちに、終わりの言葉に口を揃えるよう手招きする。「いいことだった」レベッカ、同僚たち、全員が喜んで口を揃える「……彼にとって」

楽しい気持ちが消えないうちに、本屋のじいさんは自分のいる引っ込んだ場所から、ホール全体に聞こえるように大声で声をかけ始める。

「サンタクロース！　サンタクロース！」

最高潮に盛り上がった子供たちがこれに続き、玄関の廊下からダニー・サンタクロースがホールに入ってくる。袋いっぱいのプレゼントの重みで背中を丸めている。ダニくずは年老いた賢者のような足取りで前進し、ゆっくりと、通り過ぎながら、近づいてくる大胆な子供たちの顔を撫でる。パパやママンの脚にしがみついて遠くから見ているだけの子供たちもいる。ぼくもそれと同じで、怒りに燃えた彼の視線や復讐心で固められた拳《こぶし》と出会わないようにしている。

「クリスマス・ストーリーというのは、ハッピーエンドになるものだ」とムッシュー・ピキエは保証する。

それは本当のようだ。レベッカは仕事のやり方を変えたし、今のところダニくずはぼくに手を出さない。いずれにせよ、この最初の成功をぼくは誇りに思った。家で、家族の中で、誰かがぼくの仕事について訊くと、ぼくはもうためらわずに朗読者だよと答える。母さんは肩をすくめて、「デタラメばっかり」と言ってるみたいに目をぐるっと回してみせる。

機を見るに敏なマダム・マソンは軌道修正する。クリスマスの朗読会は気がきいていた。家族たちからの好意的な反応や従業員の雰囲気が好転したことを見れば、この赤毛のおチビは勢いに乗っている。決まった。一月から半々だ。午前中は厨房で。午後はホールで適当なグループに本の朗読をする。

母さんは二人の顧客の口からその話を聞く。

「あなたの息子さんは、文字どおりわたしたちに魔法をかけたのよ！」

母さんはミシンから顔も上げず、詳しいことを聞き返しもしなかったが、めずらしくぼくを褒《ほ》めるこうした噂に驚かずにはいられない。

「なんなの、この朗読っていう話は、厨房で働いてるんだと思ってたけど？」

何週間もかけた準備、ぼくの部屋に積み上がっていく本、母さんは何も見ていなかった。ぼくは一人で動いている。母さんに説明する必要はないみたいだ。

14

ムッシュー・ピキエの最近の気まぐれな思いつきは、ぼくが大晦日の勤務に志願することだった。問題はないはずだ。申し込みが殺到しているわけじゃない。この申し出を断わったら彼の大晦日がどんなものになるかぼくは知りすぎている。十八時にまずい発泡ワインが一杯とフォワグラひと切れ。以上終わり。消灯。向こう見ずな人のためにはテレビがある。『皇妃シシー～愛と哀しみの生涯』とその何回目かわからない再放送、あるいはミシェル・ドリュケールとかパトリック・セバスチャンみたいに年を取っても元気なテレビ司会者の秘密のビタミン注射を録画したものかもしれないが。ムッシュー・ピキエのような人が、街から遠く聞こえるその夜の浮かれ騒ぎにひと晩じゅう、次の朝早くまで耳を傾けて過ごせば憂鬱になるのは確実だ。一階の警備職員ができる範囲で楽しもうと休憩室で控えめにやるパーティのちょっとした騒ぎ。わからないけどラジオ・ノスタルジーの出だしでやるような。とりわけ、廊下に出るのを避けたい。壁の青白い照明。非常口の緑の明かり。壁にかかったけばけばしいリトグラフ。海の景色とラヴェンダー畑。こうした上っ面の飾り。

ぼくのほうだって、それよりましなわけじゃない。母さんと顔を突き合わせて大晦日を過ごしたくはない。女友達、男友達、ゼロだ。ヒップホップ、音楽。服。アルコール。爆竹。駅のそばのクラブ。運河の土手でスクーターとビール。たまにはヤク。ごめんだね。ぼくは一人でいるほうがいい。十八歳でそれって驚きかな。若者として異常。ぼくはいいですよと返事した。「ムッシュー・ピキエ、一緒に大晦日を祝いましょう！　ぼくがシャンパンを買ってきますよ。クリスマス特別手当から！」

二十二時、交替時間、運のいい連中が上っぱりとゴムの靴を脱ぎ、友達との宴会に間に合うように着替えるために家に向かい、姿を消す時間だ。二十二時、二十八号室ではパーティが始まる。本屋のじいさんとかわい子ちゃん朗読者によるパーティの中のパーティだ。

「シャンパンの栓を開けろ、グレゴワール、さっさとしないと強姦するぞ」

ぼくは、ブルーエが眠り込んでいるか確かめるために廊下に目をやる。完璧な平和。永遠の平和の先取りだ。生きている死者たちはいびきをかいている。

最初の瓶を開ける。

「グラスをください、ムッシュー・ピキエ。あなたの震えに乾杯しましょう」

ムッシュー・ピキエはぼくにグラスを渡す。ぼくはなみなみとシャンパンを注ぎ、自分のグラスも満たす。乾杯する。

「わたしの震えに！」

彼は三分の一をこぼしてしまう。二人で笑う。ぼくたちの契約は最高だ。二人でどんちゃん騒ぎをする。

「音楽をかけろ。踊るんだ」

「クラシック音楽で?」

「馬鹿だな、そんなわけない。ちょっと探してみろ。ロックがある。ポップスもある。フォークもある」

夢でも見てるのか、彼はもう酔っている！　ちょっと探してみる。ロックがある。ポップスがある。ハードロックがある。トラスト、仲間だ。さあ始まったよ、じいさん。徹底的に『アンチソシアル』だ。「一生働いて墓石を買う／新聞読んで顔を隠す」ムッシュー・ピキエは肘掛け椅子にすわり、空のグラスを手に自分のリズムで首を振っている。ぼくはベッドの端で身をくねらせる。ヌテラ（チョコスプレッド）のオーバードーズでおかしくなったパンクみたいだ。最後の部分で声を張り上げて叫ぶ。「失った時間は取り戻せない／アンチソシアル、アンチソシアル、アンチソシアル、アンチソシアル」ぼくの青い上っぱり、ゴムの靴。「ファック！　ファック！　ファック！」

「もう一本開けろ！」

よろめきながらテーブルに行く。

「栓を開けてるあいだに何か詩を読んでください」

ムッシュー・ピキエはぼくをチラッと見る。真面目に言ってるかどうか確認しているのだ。

「そらで覚えているのがあるでしょ」

彼は身を起こす。いや、その状態から立ち上がるつもりじゃないだろうな。彼が倒れて怪我でもしたら、ぼくも一緒に倒れる。でも、彼はぼくを驚かせる。ツイードの服でこれまでにない威厳を見せ、ギリシャ悲劇の俳優のように片手を広げる。酔っ払ったぼくの運動神経は、反時計回りにねじれれば針金がゆるむということを理解していない。零時十五分前。ブルーエ・ホーム。二十八号室。ぼくたちは古典劇の劇場にいる。ムッシュー・ピキエは朗誦する。

「年の終わりおめでとう、すべての男女に！　太陽に、雨に、ここに集まった二人に！　そなたらの扉が未開の原稿に大きく開かれてあらんことを！」

ぼくは何もわからなかったが、すぐに栓が飛んだ。

「銀河的に語れば、黒いパジャマで城は見るからに湖に満たされ、サンタクロースとそのつがいは華やかな狂騒に向かい……」

ワン、ツー、シャンパーニュ！　噴き出したシャンパンはシーツに着陸する。それにも動じず、ザラザラした彼の声は先に進む。

「見よ、ある日、年の初めの楽しい夜食で、友人たちが数学的に完全に酔う姿を見る。インゲン豆の心を持つ心優しい少年……」

彼はグラスをぼくの胸につきつけ、居酒屋の酔っ払いのように歌う。

「バラ色のシェーヴィングフォームに覆われたベンケイソウ……」

これはシャンパンのせいなのか、夢なのか、時空の歪みで頭がおかしくなったのかわからないままぼくはこの場面を見ている。本屋のじいさんは大声をあげる。

「それなら力、そうだ！　宇宙星雲の飛散が彼をとらえ、往復運動オランウータンのオルガスム、海が風を連れてくる、雄弁の贈り物、尻尾でもなく頭でもない、宇宙を抱きしめる、叫びながら……」
言葉が途切れ、ぼくは最悪を恐れる。心臓発作とか。ぜんぜん違った。さらに強く続けるために息をたっぷり吸い込もうとしただけだ。

「故障したエレベーター。白血病のファンファーレ！　そしてシュークリーム！……」

ぼくの頭は驚きの二十段階を通り越す。最終的に面白くなり、力を抜く。もう彼を止められるものはない。

「つまり、鳥の広告はもっと良いやり方にできたはずがなかった。パチョリの震えが皮膚を花開かせる。真に言いたいのは……」

ここで突然、声の高さを変える。その声も体もセンチメンタルなジャズシンガーのようだ。彼はぼくの首を抱える。額をぼくの額にくっつけ、ぼくの頭をマイクのように使う。

「以来、時々、航跡の上に一頭の馬が雲に作った咬み傷が再び呼ぶ、この不思議な少年を。少年は真夜中が当を得た星を十二まで数えるのに適切な時間と考え、美しく生々しい黄金と月の線の幸福に迷い込む。年の終わりおめでとう、すべての男女に！　太陽に、雨に、ここに集まった二人に！　そなたらの扉が未開の原稿に大きく開かれてあらんことを！」

言葉が尽き、彼は崩れ落ちる。ぼくは割れんばかりの拍手をする。

「誰の詩？」

グラスを差し出す。

「わたしの秘密の一部だ。わたしが書いたんだよ。君と同じくらいの年だったはずだ。また音楽をかけよう。第一次大戦の思い出から方向転換しよう。そいつは嫌だから」

アロハシャツ。色あせたジーンズ。ＤＪグレゴワール、重々しくＤＪを再開する。『見つめていたい』最初の小節、スティングがベースを弾いて歌いだす。あなたの動きをぼくはいつも見ているという歌詞だ。

あ、いけない、彼は泣いている！　泣かないで、ピキエ、パーティじゃないか！　泣かないで、ロックをかけるよ！　プレイリスト。『孤独のメッセージ』（世界に向けてＳＯＳを出す）

シャンパンが流れる。あと数秒で午前零時だ。

「自撮《じど》りしましょう、ムッシュー・ピキエ、後で見るために」

「じど、何？」

「二人の写真ですよ」

「……」

「遺影にならないように、一緒に。ミ、レ、ジーーーム（ヴィンテージ）！」

「ミ、レ、ジーーム！」

パパパシャッ。結果はみっともない。ぺちゃんこになったカエルみたいな顔。ぼくは携帯を持つために片方の腕を伸ばし、椅子の肘掛けにバランスをとって掛け、彼はぼくがアルコールに負けて倒れ込むのではないかと心配してその椅子に縮こまっている。

「もう一枚。ムッシュー・ピキエ」

カウントダウンが始まる。五、四、三、二、一、ゼロ、ゼロ、ゼロ、ゼロ！　ぼくは彼の頭にキスをする。

「あけましておめでとう。ムッシュー・ピキエ！　今年もお元気で！」

老人ホームでは決して言っちゃいけない言葉。でもぼくは自制心を失っていた。ムッシュー・ピキエは礼を言う。

「人生が君を待っているよ、『出席《プレザン》』の手を上げるのを忘れないようにな」

悲しげな微笑みと疑わしげな口つきとで迷っているような口元の表情を見て、半ば正気を失っているぼくも、まだ何か付け加えたいことがあるんだろうなと気づく。なんだかはわからないが。一年が始まる、時間はある。待とう。その勘は正しかった。どうにか聞き取れるくらいの声で、彼は口を開く。

「なあ、わたしの人生は本を読むことだけだった。すべてを考えると、わたしは……」一瞬ためらう……。「わたしには……」また口を閉ざす……。「わたしには人生というものが、本当の人生がなかったように思う」

意外だけど少しはっきりしないところがある。どうして彼は「わたしの人生」と言わないんだろう？　きっと「人生というもの」と言いたかったんだろう……言い回しの問題、人生というもの、本当の人生。ぼくの頭、ぼくの足、シャンパンが全身に回っている。陶酔感に包まれている。突然、誰の目にも明らかなことに気づく。人生から抜け出すことは、そこに入り込もうとすることと同じくらい難しいのだ。こんな話をしたことは一度もなかった。今がその時だ。

「本当の人生、ムッシュー・ピキエ、それってなんなんでしょうね。ぼくは人生が怖いです。あなたも、ぼくくらいの年にはそうでしたか？」

陶酔感はすっぱりとなくなった。

「もちろんだよ！　わたしは自分に何ができるのかさえわからないまま、それだけの時間が目の前にあると考えて恐ろしくなった。それはわたしの前にあった。終わりはなかった。空虚のにおいがした。いや、それよりひどい。退屈のにおいがした。それについて、わたしは間違っていなかった、人生の四分の三はうんざりしていたからね。本を愛する、いいことだとも、うわべを見れば素晴らしい、立派だ。だが、一日じゅうそれを売って過ごすことは、愛を殺す！数字に変える、給料を払う。注文、配達、整理、帳簿」

おやおや。本屋のじいさんは何をやろうとしているんだ。

「ムッシュー・ピキエ、新年最初の日ですよ。人生の総決算をしてほしいなんて思ってません」

これは頭の中で言ったことで、シャンパンがそれをせき止める。言葉を発するだけの力がなくなっているのだ。ぼくは流れにまかせる。

「文学の復権。その圧力。すでに読んだというふりをする。最初の行さえ見ていない本を客に勧める。幸いなことに、客に助言するのは好きだった。その才能があったとさえ言える。ある女性客はわたしの言葉を聞いて素晴らしいと思う。『あなたのところに来るといい気分になるの、あなたはわたしのエステティシャンだわ』悪くないだろ？　なんでかと言うと、誰が何を言おうと、わたしは好きなんだよ、いまいましい本がね。本はわたしたちの自画像を少し修正してくれる。さっきわたしたちの顔を見ただろう？　人間より本が好きだなんて言わせないでくれ。本当に。絶対に、わかるか？　本、人、二つはひと組だ。真実、虚偽。どっちも一緒。人生」

セリフを忘れた悲劇俳優の姿勢で、声を途切らせ彼はぼくを見つめる、脅《おど》すように人差し指を上げて。一人で月と戦っている酔っ払いのように見える。ぼくは笑いだす。床にすわり、彼の椅子の肘掛けにのけぞらせた頭を載せて。ぼくはもう何も見えない。彼はぼくの髪を乱暴に、同時に優しく撫でる。

「人生。それこそが唯一重要なことなのだ。それは本屋ではない。違う。くだらない。唯一のもの、わたしにとってただ一つ重要な人生、それは旅だ、道のり、道程。リテレール・ビス書店、退屈を紛らすことのできる唯一のアドレナリン、徒歩で、車で、電車で、好きなように旅すること。前進すること。ネズミの穴に捕まったままでいたことに愕然とするよ。わたしは本当に馬鹿だ。それが続く。なすがままに流されていたら、バタン、すべての幻想の上に二十八号室の扉が閉まる。死んではいないが、もう生きてもいない。坐骨が駄目になる。ああ！　ずっと抱いていた、そして最後まで抱き続けるだろう動くことへの愛。なんてこった。寝たきり老人。こういうのをなんと言うんだ。ひきこもりとして生きて、寝たきりとして終わる。寝たきりという人生だ。グレゴワール、『出席《プレザン》』の手を上げるのを忘れるな！　ホイットマンを、ジャック・ロンドンを、ニコラ・ブーヴィエの『世界の使い方』を読め。わたしを喜ばせてくれ」

ぼくは頭の周りをあぶくで包まれた海藻だ。怒りはぼくの神経を刺激せず、反対に鎮める。

やめてよ、ピキエ、誰も聴いてないよ。

「真面目なところ、わたしは死んでしまいたい、早ければ早いほどいい。冗談はそこまで。それから、みんなと同じようになる。そうだ、死ぬのが怖い。それは当たり前の苦しみだ。ある状態から別の状態に移り変わるのだが、あの世に何が待っているのかはわからないままだ。何かを信じられるならもっとずっと楽になれるのだろう、死んだ後に、地獄と煉獄《れんごく》と天国を選ぶことができるのだと知っているなら。こうしたでたらめを、若い頃には信じていた。運悪く、今のわたしは何も信じられない。何一つ、誰一人、上位の力、森羅万象《しんらばんしょう》、神、好きなように呼べばいいが、わたしたちの魂を支配しているものの存在を納得させてくれるものはなかった。魂、と言うのは、わたしは魂の存在を信じているからだ。だが、それはどうでもいい。いや、腹がたつのは、後ろに残してきたものなんだ。欲求、決してやり遂げられない計画、後味の悪い、解決できなかったいくつもの争い、よっぽど殴りつけてやりたいと思った馬鹿者ども、そして、山ほどの後悔、それをもう一度上映したくはない、ただ嫌な気分になるだけだからな。愛のことであれ、仕事のことであれ、知る喜びのために、知るべきことをすべて知りたいという欲求、摑み損ねたチャンスの話はしないよ。だが、人生に成功するというのは、正しくはどういうことを言うんだ？　これから人生を始める君ならわたしに教えられるんじゃないか」

「……」

ぼくの頭は彼の膝の上に載っていたんだと思う。わからないけど眠っていたようだ。

「そんなこんなの理由で、わたしの人生の余白はさほど残されていないが、まだ前を向いているよ。わたしを慰めてくれるために君はそこにいる。君が続けるんだ。わたしには子供がいない。子供というのは、よほどひどくない限り、死んでいくときに力づけてくれる。自分の睾丸から出る液体は商売に続いていくんだと自分に言い聞かせることができる。まあここで、そういう人たちも知っている、でもそいつらの子供たちの程度を見たときに、同性愛者でよかったと思う。こんな怒りを抱えて、どうやったら平和に死ぬことができるのかね？　自分は生きている大勢の人々の中で誰もが認める人物だと思いたい虚栄心を抱えて？　自分以前にはたいしたものはなかった。自分の後は？　ノー・フューチャー。もちろんそんなことはない。将来はある。いい冗談だ」

これが続く。こんなふうに続いていく。どのくらい？　ムッシュー・ピキエ。本屋のじいさんと寝息をたてる坊や。ぼくの髪の中に年寄りの指が入ってくる。浮かれ騒ぎの後の幸せな眠り。目が覚めたとき、どこにいるのかわからなかった。黒いプリンセスがぼくの顔を冷たいミトンタオルで撫でる。額をトントン叩く。

「いい年の始まりね！」

聞き取れない唸り声が出る。翻訳された言葉が続く。

「ぼくはここで何やってるの？　どうやってここに来たの？　あんた誰？」

思い出そうと髪をかきむしる。空白。ディアリカ、そんな名前だった。ディアリカは情報をくれる。

「あんたお年寄りと一緒になって何もかも壊したのよ。大丈夫、彼は寝てる」

ぼくは上半身を起こす。数秒間パニックを起こし、酔いから覚める。

「マソンに知らせないで。今クビになるわけにはいかない」

「そうなったら残念よね」と彼女はささやく。「わたしは今来たところ。上っぱりを着なさい。ほら、靴」

信じられない！　ぼくは八十歳を超える男性と一緒に飲んで酔っ払って、黒いプリンセスの腕の中で目覚め、そのプリンセスは新年のお祝いにぼくの唇にキスをする。そしたら何か詩が思い浮かぶ。「年の終わりおめでとう、すべての男女に！　太陽に、雨に、ここに集まった二人に！　そなたらの扉が未開の原稿に大きく開かれてあらんことを！……」こいつはどこから出てきたんだ？　どこかで聞いたはずなんだけど。どこかわからない。

15

ディアリカは十二月一日からここで働いている。きっとお互いに気づくことなく二、三回はすれ違っていただろう、クリスマスの演し物の前は目立たなかったから。面白いじゃないか、ディアリカのそばで朗読する、ほんとに……。

休憩室で、髪をほどいてくれと頼んだ。ほどくために彼女は両腕を上げる。白い上っぱりの下で、乳房が持ち上がり、綿布に擦れた乳首が突き出て見える。

「何見てるのよ」

「君の髪だよ、看護師さん。ブラジャーをしないと高くつきかねないよ」

「たとえば？」

「ショートメッセージで請求書を送るよ。メールする。ムッシュー・ピキエが調子悪い、今は一人にしておけない」

ショートメッセージしながらの朗読、ディアリカ対ジャック・ロンドン。『マーティン・イーデン』を右に置いて。素晴らしい小説だが、この勝負は勝敗が決まっている。左にいるディアリカがいちばん重要だ。ぼくはメッセージを打ちながら朗読する練習をする。視界をコントロールし、脳を二つに分ける必要がある。朗読するふりをしている者にとっては重要な能力だ。言い換えれば、勝負に集中していない。本屋のじいさんが負ける。彼は時々我慢できなくなるが、だいたいは緊急事態を理解してくれる。

「四階に空室。三十一号室。鍵を持ってる。ディア」

「イエス！　三十一で十八時に。グレッグ」

十八時。ルール・ナンバー・ワン。完全な隠密行動、さもないと予告なしでクビだ。ぼくたちはこっそりやる。ルール・ナンバー・ツー。ディアリカは部屋から青信号を出す。ムッシュー・ピキエが微笑む。

「今日はもうこれでいいよ。ジャック・ロンドンは待っていられる。明日は、もう少し集中するように頑張れ」

「イエス！　イエス！　ミスター・ピキエ！　ではまた……」

廊下で、階段で、何ごともないふりをしながら、ぼくは狂ったように三十一号室に駆けつける。十八時、彼女はいる。微笑んで。魂の欠けた装飾の中に、細かい砂の浜辺がある。部屋は次の犠牲者を待ち構えている。ここを生きて出ていく人はいない。そういうもんだ。でもぼくたちにとっては何もかも反対だ。三十一号室、それはぼくたちの巣だ。密輸業者の隠れ家だ。人生を作りなおす十五分間。もっと少ないこともよくある。ルール・ナンバー・スリー、いちばん重要なやつ、絶対にポケベルを手放さないこと。常に目か耳を向けていること。ゲームをやっているときのような緊張感。ホームの規則は、ベルが鳴って一分以内に応答すること。六十秒を一秒でも過ぎると死ぬ。最高だよ。絶対に服を脱げない。接触が最大になるように大きく服を広げ、ボタンを外すのは最小限。ときには今にも行きそうなとき、あるいは行ったばかりのとき、ゾンゾンゾン、赤い光が点滅する。唸り声をあげ、噴き出す。蛍《ほたる》の行列よりも大きな音は決して出さない。ひっそりとした愛撫。彼女はぼくに触る。お互いに触り合う。彼女はパンティをはく。上っぱりのボタンをかける。六十一秒。繊細で献身的な看護師神話にふさわしい姿。

「はい、マダム、お呼びになりましたか？　どういったご用でしょうか？　わたしに愛のにおいがするですって？　当然だと思いますわ。グレゴワールがたった今朗読に来てくれたんですけど、わたしは彼が大好きですから」

愛。愛したい、愛されたいという欲求。そいつをつかまえるにはどうしたらいいんだい、ムッシュー・ピキエ。本はなんと言っているの？　本は何も言わない。なんにも！　ディアリカと廊下ですれ違うたびに胸の中とジーンズの中で動くものがあるのはなぜなのか、それを知るのに本はあてにできない。そして彼女がそれを知っていることをぼくが知っていることを彼女は知っている。すべてがぼくたちの瞳の中で起きる。コカ・コーラのビンを渡し合いながら、触れ合わないのに触れているように感じる。

「音楽は何聴いてるの？」

ディアリカはイヤホンの片方を差し出す。ぼくはコードを引っ張る。二十センチ。ぼくの赤い短い髪が彼女のカールした長い髪に近づく。彼女はティケン・ジャー・ファコリーのファンだ。ぼくにその話をする時間はなくても。口と口がぶつかり合う。もう離れない。十日前、ぼくは童貞だった。夢の中で射精していた。ブルーエで働き始めて一年たたないうちに、十歳年上の女性のプリンスで恋人になった。ぼくはビーナスとその頂点を発見する。見事なお尻の領土。ぼくは目が疲れる。手も疲れる。ムッシュー・ピキエはぼくに朗読の仕方を教える。ディアリカは地政学を教えてくれる。

ディアリカは看護師だ。マダム・マソンは彼女に補助職員の給料を払っている。双方とも了解の上だ。ブルーエの利点。他の職員より三分の一少なくて済む。でもダカールで同じ地位で支払われる給料の十倍だ。彼女は給料の一部を年老いた母親に仕送りしていると言っていた。ぼくとしては、どっちで年を取るのがましなんだろうと自問する。ここ、ブルーエでか、それとも、セネガルの海のそばでか。ディアリカにその質問をしたら、彼女は、いわゆる先進国で何も役に立たなくなった人たちに待ち受けている運命を見てショックを受けたと告白する。お年寄りをこんなふうに村や近隣の暮らし、愛着のある物や人のある場所から切り離して寄せ集め、地面から離して囲いに入れるぼくたちのやり方、とくに、いろんなサービスを作り出して製品でも扱うみたいに人生の終わりから金儲けするやり方。フランスで年を取りたいとはちっとでも思ったことはないと言う。

セネガルで取った資格と同等の資格を取ろうとしてこれまでいろいろやったことは無駄に終わろうとしている。ダカール出身の彼女は、自分のいた学校と同じ課程を持つマルセイユの学校との交換留学を利用した。姉妹都市の二つの都市はこの事業を年に一度行なっている。旅行費用と滞在費用が出してもらえる。三週間の交換留学が終わり、彼女は不法にフランスに残留しようと思っていた。偽のあるいは本物の労働許可、滞在許可、不法移民の聖杯である地元民との偽装結婚、あるいは養子縁組でフランス共和国のスタンプが押された身分証明書を手に入れるためにできる限りのことをやった。五年という長いあいだ繰り返された拒絶と決して口にしないけれど重ねた苦労の後で、「わたしは前を向くのよ！」と彼女は言う。

16

本屋のじいさんの言葉は、これからなんらかの資格を得ようとしている者に対してかけるプロの言葉だ。選手のレベルを上げようと願うトレーナーの言葉だ。

「もうすぐ君は十二時間ノンストップで息でもするように本が朗読できるようになると約束するよ」

ホール——所長はサロンと呼んでいるのだけれど——での朗読は、二十人ほどの人を集めて行なわれる。絶対にそれ以上にはならない。そのほとんどが女の人たちだ。男性の聴衆はだんだん少なくなってそこそこに落ち着く。それには二つの理由がある。最初の理由、男性たちは「女向けの物語」にぼんやりした興味しか持っていない。二番目の理由は、男性は女性ほど長生きしないことだ。この二番目の理由が第一の理由から出てくると主張するわけではないが、ムッシュー・ピキエはよくクリスチャン・ボバンの言葉を引用する。「誰かに話しかけられている限り、死ぬのは不可能だ」

訪ねてきている家族を入れると、聴衆は時には二十五人になることもある。ホールの、前もって消しておいたテレビの前にぼくはすわる。マダム・ジルーと友達のマダム・モレルは参加するには階段を降りなくてはいけないので、本屋のじいさんの部屋でやっていた小さな会がよかったのにと残念がっている。そういう仲間内の特権を所長はよしとしない。すべての人が恩恵にあずかるか、さもなくば誰も利用できないかのどっちかだ。妥協は難しいことではない。一日一回、ホールでの朗読会。そしてぼくに時間があれば、移動できない人たちの部屋から部屋に行って一対一の朗読。ある意味では、ぼくは自分の成功の犠牲者だ。朗読はひっきりなしだ。ブルーエの医者であるジェレミーはマダム・マソンの了解を得て、抗鬱剤を処方するみたいにぼくの朗読を処方している。そうに違いない。

「おお」彼は鬱状態に陥っている人にこう言う、「あなたに必要なものを知っていますよ。グレゴワールを差し向けます」

グレゴワールのほうはと言えば、脇の下に本を抱え、居室を訪ね、手当たり次第に読む。新聞、天気予報、その日の聖人、訃報、生誕、ド・ゴールの回想録、引き出しから取り出されたラブレター、別れの手紙。ぼくは頼まれるものをすべて読み、それにもちろん、ぼくの未熟なレパートリーの中からも。レパートリーはたしかにまだ少ない、けどそれでも充実しつつあり、本屋のじいさんもその点を諦めてはいない。

「レパートリーなしの美しい声など価値がない。朗読者を作るのはレパートリーだ。時間を使え。焦っては駄目だ。次から次へと小説、短編集を読む、そうすれば自分の心を打つテーマで素晴らしい作品が見つかるだろう。自分の好みを探ることから始めなさい。好きなものしかうまく読めないものだ。誰かと面白さあるいは真面目さを分かち合いたいと思うおかしな作品、真面目な作品を選ぶ、そして少しずつ、蜘蛛《くも》の巣を作り上げ、その中心で、好きなように動き回ることになる。そうなったら、領域、テーマ、地域、作家ごとにプログラムを作る。あらゆる組み合わせが可能になる。君はすぐにそれに熱中する。作品同士がどんなふうに影響を与え合っているかを見るのはすごく楽しい。ある言葉から、以前に読んだ別の本のあれこれの一節を思い浮かべたりする。文学というのは集合的な作業で、たえず砕け散ってまた寄せ集められ自ずから続いていく。もしも偶然にそれが人生に捉えられたら、そこに傑作ができ上がる」

今日、医者が本屋のじいさんを診察したとき、いつものように血圧を測り、いつもの質問をする、「きちんと食べてます？　よく眠れますか？　便通は良好ですか？」、こう付け加えずにはいられなかった。

「お手柄です、ムッシュー・ピキエ、あなたの若い生徒のおかげでたった六か月で薬局はあがったりですよ」

「心配するな、図書館に鞍替えすればいい」

ぼくはホールで四十五分間本を読む。ほとんどの人は耳が遠い、ぼくは息切れする。現在のプログラムはパニョルのシリーズだ。

シーズン一　「父の大手柄」
シーズン二　「母のお屋敷」
シーズン三　「秘めごとの季節」
シーズン四　「恋する時」

ハリウッドと比べるとしょぼい。次の朗読会になるまでに聞いたことをみんな忘れてしまう。ぼくは事実を思い出させる。マルセル少年の家族の中で、どれが誰か。そんなわけで知らないうちにぼくの役割は朗読者からお話の語り手になっている。父親とか母親、あるいは祖父母の一人になりきって、俳優とまではいかないけれど。

ブルーエのホールでは、居住者、訪ねてきている親戚、同僚なんかがどっと笑ったり、意見を言い合ったり面白がったりしてうるさい。

ムッシュー・ピキエは朗読会には参加しない。

「疲れる！」と言う。

でもぼくの進歩具合を知るために、彼は調査する。恐ろしいことに、彼はぼくの同僚に話を訊く。ほんの少しでもその場にいたら、もう放しはしない。よく聞こえたか？　ホールの後ろのほうまで？　必要な抑揚をつけたか？　登場人物はわかったか？　装飾は？　場面は？　訪問者たちの評価は？　みんな褒めていたか？　朗読会の長さは？　聞く必要があるか？　どの物語が好きだったか？　やりすぎだと思わなかったか？　作品の場所を奪ってしまわなかったか？　この質問の意味は、じいさんは、自分の分身になりかわるために画面から飛び出さなくてはならない語り手や俳優とはちがって、朗読者は外に出す言葉の中に体と魂を消してしまう透明な存在でなければならないと主張しているからだ。輝くのは本だけなのだ。

いちばん素晴らしい褒め言葉は？　それは厨房の同僚であるシャンタルのものだ。彼女は仕事を終えて、できるときには聴きに来ている。それほど長い時間ではない。子供たちが待っているから。

「わたし全部見たわ、グレゴワール、全部見た。おばあさん、おじいさん、パリへの旅行。最後に目が覚めたとき――こう言うのは、あなたの朗読は催眠術と同じだったからよ――目が覚めたとき、あなたが思いどおりの場所にわたしたちを連れていってくれたとわかったとき、こう思ったの、あなたには才能がある、って！　もう少しで子供たちのことを忘れるところだったわ、わかるでしょ」

　その夜、夕食の時、マダム・レノーは沈黙を破る。何週間ものあいだずっと失語症状態にあったのだけれど、ホールでやったぼくの朗読が小さな扉を開け、そこをすり抜けたたったひと言がぼくたちのところに届いたのだ。

　彼女はテーブルにつき、ブルーエの庭園が見える窓のそばのいつもの席にすわっている。皿の両側に手を置き、フォークの先端に目を向けたまま食事が出てくるのを待っている。実際には聞き取れない声で、こんなふうに、エンドレスで、頭を前後に振りながら「タイユール、タイユール、タイユール」と繰り返している。その言葉に彼女がどんな意味を込めているのかはどうでもいい。まさにパニョルの作品にある「石工《タイユール・ド・ピエール》」のことなのか？　それとも仕立《タイ》て屋《ユール》、あるいはスーツ《タイユール》のことなのか？　あるいは童話『勇ましいちびの仕立て屋《タイユール》』のことなのか？　ムッシュー・ピキエは勝ち誇る。

「本は心の奥底に語りかけるとわたしが言うのは」彼はジェレミー医師をからかっている。

「怒るなよジェレミー、誰を怒らせるつもりもない、保健省の方針をひっくり返そうという気もない、だがすまんな、グレゴワールは社会保障の赤字を補塡してくれる。薬なんかうっちゃってしまえ！　朗読万歳！　グレゴワール、何も変わらない。聴衆への共感、共感だよ。今でも朗読にかかる時間をメモしているか？」

『ぼくのメモ帳』、ぼくは高校時代を思い出す。あの悪夢がはるか昔のようだ。『ぼくのメモ帳』はぼくの航海日誌だ。本屋のじいさんの助言に従って、ぼくは常に技術的なことを書く。ほとんど電報みたいな短文。日付、時間と場所。ホール。○○号室……マダム誰それ、ムッシユー誰それ。それから、ギー・ド・モーパッサンをお手本に、モーパッサンはよく天気の話から短編を始める、ぼくは天気について少し書く。これは天気に敏感な人たちにとって記憶のきっかけとして役立つ。「覚えていますか、ジャック・プレヴェールのこの詩を読んだとき、いいお天気でした！」とか、「嵐の日でしたね、一気に暗くなりました」実際、ぼくにとってもそれは役に立つ、そういうことがなければぼくは何もかもごちゃ混ぜにしてしまう。日付。人人。読んだ本。

本については、タイトル、作者名、翻訳者の名前をメモする。本屋のじいさんは、翻訳者の名前を必ず言うように教えた。翻訳者の仕事に敬意を表するためだ。彼らがいなければ、一つの言語から他の言語に移し替えるという仕事がなければ、われわれがその作品を知ることは永遠になかっただろうから。ぼくは自分の言葉でこうした助言を書き留める。

「前にも言ったが、もう一度言う、決して聴衆を長い時間縛りつけてはならない。聴くというのは難しいのだ。とくにここでは。みんなくたびれている。眠り始めたら眠らせておきなさい。

十人のうち一人に声が届いたとしたらそれで勝利だ。胸をはれ、若者！　君がいるのはもうわたしの部屋ではない。映画を見せなくてはならない。君が読んでいるものを見る、すると当然、聴いている人たちは聴いているものを見るだろう。朗読が終わる頃には必ず目の周りが筋肉痛になっているはずだ。明瞭に発音しなさい。横を向いてみなさい。唇を閉じて。筋肉が足りないな。筋肉をつけなきゃいけない」

彼は厳しいけど、良かれと思ってのことだ。彼のおかげでぼくは進歩する。今のところ、彼が選んだ本だけを読んでいる。ぼくは彼の片腕ならぬ彼の《声》なのだ。冬の終わり、ぼくの声帯はぼくの腿よりも筋肉がついた。でも、まだ重要なものが足りない。時間が経つと息が切れてくる。

「腹式呼吸しろ、グレゴワール！　体幹だ！」

「どういうこと？」

「声を出すのはここからだ」彼はぼくに説明しようとする。人差し指でぼくの横隔膜を指す。「息、空気、空気の柱。君の息は構文のにおいがしなくてはならない。タマネギやアルコールの匂いがする息があるみたいにな。君の息は言語という道具を乗せる乗り物だ。母音、子音。母音は旋律だ。子音は意味だ。基本的な表現法。こうしたものすべてを君は届ける。だがこれらは徴候でしかない。本当の原理は隠されていて、それが外に出て、遠くまで行き、みんなに分かち合われるには、それを息とともに吐き出さなくてはならない。ここ、腹のベルトのあたりから、暗黒の宇宙に向かって地上の隅っこから『誰かいますかぁぁ？』と叫ぶときのように」

「ムッシュー・ピキエ、もう少しはっきり言ってください。わかってます。ぼくは息が続かない。あなたの部屋で向かい合って、距離も近ければうまくいく。ホールでは、マイクなしでは疲れてしまうんです」

「泳ぐのは好きか?」

「はい、もちろん!　ぼくは運河育ちですよ」

「息を長続きさせるには泳ぐのがいい」

「冬に、どこで泳げばいいの、プールは閉まってます」

「運河だ」

「まさか!」

「ゴーグルと、ウェットスーツを買うんだ。よければわたしが金を出す」

彼はどうかしてる。

17

日曜の朝。十時。二月二十四日。外気温、五度。ブルーエで働き始めてから一年と三週間。休みの日だ。それなのに、玄関で待ち合わせ。コートの襟を耳まで立て、明るい灰色のフェルト帽を禿げた頭にかぶり、ムッシュー・ピキエは車椅子でぼくを待っている。簡単なおはようの挨拶。彼は緊張して、ぼくは集中している。

運河のほうに向かう。庭園の端にある建物の裏から運河沿いの道に出られる。ディアリカが待機している。彼に服を着せたのはディアリカだ。

「ムッシュー・ピキエは帽子をかぶりたがらないのよ。かっこいいって言ってあげて」

不機嫌なぼくは返事をしない。むしろこれから待っているもののことを考える。でも、彼女の熱中を抑えられるものはない。

「あなたを訓練することを考えるなんてムッシュー・ピキエはほんとにすごいわ。ムッシュー・ピキエは悪口なんて怖くないのよ」

ぼくたちの表情が硬いままなので、ディアリカは優しく文句を言う。

「あら、坊やたち、何か怒ってるの?」

ディアリカ、ぼくの甘やかな丘、ぼくの優しさの谷、ぼくの肥沃な平野、君にぼくの最高の笑顔をあげるよ、唇の両側にできる小さなエクボをつけてね。どうだい、ぼくのかわいい人。

「もちろんそんなことないよ。考え込んでるだけだ」

「そうね、わかるわ」

門を通るとき彼女に言った。

「風邪ひかないようにね、帰りは十二時頃になるよ。大丈夫？」

ぼくの胸のあたりを、あとは任せてとばかりに二度叩く。

「大丈夫！」

三十秒の沈黙。ぼくの瞳が彼女の目を覗き込む。本屋のじいさんが言った。

「さあ、グレゴワール、行くか？」

「はい、はい、行きましょう……」

運河は霧が立ち込めていた。落葉が車輪にへばりつく。このあたりの道はぬかるんでいる。ぼくは苦労してムッシュー・ピキエを押す。本屋のじいさんは黙る。彼は聴いている、タイヤの下の砂利の音、沈黙が道を開き、ぼくたちの後ろで閉ざされるのを、小枝からしずくがぽとぽとと滴り、頭の中でシューシューと音をたてて考えが巡っている。トレーニングのために見つけておいた場所に近づく。家から来るときに、装備をいつも釣り人がいる水門のところに置いてきていた。今日は他に誰もいない。

突然ぼくは楽しいふりをして言葉を発する。

「ううー、なんてこった、暑くないね！」

本屋のじいさんが後を引き受ける。

「作品は暗記してるか？」

ヴィクトル・ユゴーによる四十六の韻律のある詩だ。『徒刑場を訪ねて』、二週間前から繰り返している。考えずに口から出るようにしなきゃならない。彼は信頼している、出てくるよ。ぼくも信じている。

その前に、現場に着いて、ぼくは真新しいウェットスーツを着るために気が狂ったように身をくねらせる。とてつもなく寒い。準備ができると、本屋のじいさんはぼくから離れ、戦闘服のぼくを見る。微笑みかける。彼はウィンクする。ぼくは彼の車椅子のブレーキがきちんとかかっているか確かめる。彼が運河にはまったりしたらどうしようもないからね。彼は抗議する。

「そんなことはいい。わたしが自分でできる」

それでぼくは行く。葦《あし》をまたぎ越え、一歩一歩降りていく。土手は足元が悪く泥が溜まっている。膝まで水につかる、太腿の半分まで。本屋のじいさんを見る。

「うえっ、冷たい！」

自分を勇気づけるために笑う。

「急がなくていいぞ。ゆっくり行け！」彼が叫ぶ。

ちょっと興奮しているのが感じられる。やっと今になってぼくたちのやってることがどれほど狂っているかわかったのだろう。でも、ぼくのボランティア精神を見て彼は安心する。水はもう腰まで来ている。水は肩まで来る。凍るような冷たさが少しずつ体を締めつける。水は体に触れて温まり、体を取り巻く。ネオプレーンありがとう。訓練場所に決めた二つの水門のあいだの距離は三百メートルだ。

「ムッシュー・ピキエ、少しあったかくなってきました！」

「オーケー、オーケー！」彼はうなずく。「わたしもだ！」彼は自分の膝、腕、胸、肩を強くこすりながら叫ぶ。

風邪なんかひかなきゃいいが。

本屋のじいさんがぼくにさせたいと思っている訓練にゆっくりとりかかる。運河の真ん中に体を伸ばして、静かな水面を割る。大きなストロークの平泳ぎ、静かに。ぼくの両手が水を押し、土混じりの水に三角の波を描き、それは霧の立ち込める曳船道の下の岸まで伝わっていく。一瞬かき乱された水はぼくの後ろでまた元の形に戻る。ぼくは自分が景色の中に消えたように感じる。出る、消える、ムッシュー・ピキエはついてこられない、ぼくを待っている。回れ右する。水滴のついたゴーグルの向こうにまた彼が見える。水は濁っている。灰色だ。そんなのどうでもいい。中に、外に、水と霧の流れに調子を合わせ、ぼくは彼に合図する。オーケーだよ。親指を立てる。訓練が始まる。

単純だ。平泳ぎ、水の外で息を吸う。頭を水に入れる、第一行の十二の韻を川底に向かって唱える。残った空気を吐き出す。顔を外に出す、息を吸い込む。頭を水に入れる、二行目の十二の韻を唱える、同じやり方で続ける。ムッシュー・ピキエは、もしぼくが力を込めて声を出せば岸からでも聞こえると保証している。そんなわけない。しかしながら、「レディ、ゴー」頭を水に入れ、「教えている子供たちは皆……」ブク、ブク、ブク、空気を吸い込む、頭を水に入れる、「……徒刑場にいる泥棒百人のうち九十人は……」ブク、ブク、ブク、息を吸い込む、頭を水に入れる、「……一度も学校に行ったことがない……」またあぶく、息を吸う、頭を水に入れる、「……そして読むことができず、署名の代わりにバツを書く……」、息を吸う……息を吸う。この日曜の朝にぼくの起こしている大騒ぎに驚いたバンが足を水の中に入れたまま嘴《くちばし》を突き出し、ぼくの鼻先で大きな音を立てる。ぼくは震え上がる。すぐに立ち上がって泥の中に足を突っ込み、怯えた犬みたいに咳き込む。本屋のじいさんがいるところからは何も見えない。心配して訊いてくる。

「大丈夫か?」

「バンです!」

「こっちはヴィクトル・ユゴーだと言ってやれ」

「すみません、ムッシュー・ピキエ、バンはどうもユゴーに、く、く、むかついているみたいです」

「かまわんよ、グレゴワール、わたしのまえではクソと言ってもいいんだぞ!」

ぼくはいらいらして叫ぶ。

「ムッシュー・ピキエ、どうもバンはあなたのヴィクトル・ユゴーにクソむかついているみたいです!」

「いいぞ！　いいぞ！　いつも望みどおりの聴き手ばかりじゃない。続けるんだ！」

寒気がしてきた。歯を食いしばる。水の中に立って、泳がずにぼくは二連目を唱える。「神よ、人が書くすべてのものの最初の作者／人が酔っているこの地上において／本のページの中にある精神の翼／本を開く人は皆一つの翼を見つけ／魂が自由に遊ぶ空の高みを飛ぶことができる／学校は礼拝堂と同じく聖なる場所／子供たちが小さな指で書くアルファベットは／一つ一つの文字の中に徳と、心がある／このささやかな光の中でゆっくりと明るくなっていく／だから小さな子供たちに小さな本を与えよう／ランプを手に歩こう、子供たちがついてくるように」

よし、行くか。勢いよく、ぼくは飛び込む。腕を伸ばす。脚を伸ばす。頭を水に入れる。体を伸ばす。ひとかき。ふたかき。本屋のじいさんを霧の向こうに置き去りにしたと思って、大丈夫か確かめようと水から頭を出してちらっと見る。見えたのは何か。曳船道にいるぼくのピキエは前かがみになり、両手を車輪にかけて、ぼくに追いつこうとぐるぐる車輪を回し、徒刑場の監督みたいな声でぼくに叫ぶ。

「出せ！　入れろ！　出せ！　入れろ！　行け！　ヴィクトルが聴いてるぞ！」

詩を唱え、泳ぐ。酸素を吸い込む。詩を吐き出す。気体の交換だ。過呼吸状態になって、頭がぐるぐる回りだす。ぼくは酔った、泥酔状態だ。ちょっと待て。神経細胞を奮い起こす。普通に呼吸する。コントロールを取り戻す。ぼくは岸に戻る。凍えきって、四つん這いになり、息を切らして水から出る、やっとの思いで岸によじ登る。ウェットスーツをかなり苦労して脱ぐ。ムッシュー・ピキエが車椅子を転がしてやって来る。

「ほら、タオルだ！　風邪をひくなよ。わたしがみんなにやっつけられる」

ぼくは体を拭く。全身が震えている。歯がガチガチいう。なんとかして言葉を出す。

「心配しないで、ムッシュー・ピキエ！　これ、ものすごく気に入りました」

膝に置いた袋から、ディアリカが用意した水筒を出す。熱くて甘いお茶。最高！　できる限り以上の速さで服を着る。ムッシュー・ピキエは水筒の蓋を開けようとする。震える両手に腹を立てて、諦める。

「自分で飲め！　もうこんなことさえできなくなった」

彼は腹を立てている。スポーツバッグに腰を下ろして靴紐を結び終える。それからお茶のカップを手に、血液がドクドクと流れる音を聞く。髪の毛から足のつま先まで、全身が生きているという強い印象。十一時半。まだふらふらすぎて何も言えない。本屋のじいさんは見るからに何か言いたそうだが、なかなか出てこない。彼の唇がモゴモゴ動いているのがわかる。よし、出てくる。

「『……水の声は隠喩的であることはほとんどない。水の言葉は詩的で直接的な現実だ。小川や大河の流れは音のない光景を奇妙なほど忠実に音にする。騒々しい水音は鳥や人に歌うこと、話すこと、真似ることを教える。つまり、水の言葉と人間の言葉には連続性があるのだ……』平らな小石をみつけてくれ」彼はいきなり言う。

ぼくは辺りを見回す。粘板岩のかけらがある。

「はい！」

膝に乗せた両手に、彼は本を摑んでいる。ぼくは彼に石を差し出す。彼は受け取る。一秒。サイコロを投げる前のように、二度、三度重さを量る仕草をする。不思議に思って彼を見ている。開いたばかりのページのあいだに、さっきの石をしおりのように差し込む。それから、石が落ちないように、黙ったまま、何も言わず、本を閉じる。彼がその本を水の中に投げるのをぼくは啞然として見ていた。老人が込めることのできたわずかな力ではほとんど跳ねることもなく、本は水の上にたゆたう。タイトルと、作者名を読む時間がある。『水と夢』。ガストン・バシュラール。平らな石の重さで、本はまっすぐに沈んでいく。

「後であれを読むんだ。さあ、帰ろう。ディアリカが待っている」

18

セレスティーヌが死にそうだ。インフルエンザの流行がブルーエにもやって来た。ムッシュー・ピキエは最近ようやく治ったが、ひどい気管支炎になり、幽霊みたいに見える。マダム・モレルは運がない。

秋に行なわれた予防接種のキャンペーンはぼくたちに罪悪感を植えつけるには効き目があった。こんなふうに言っているようだ、「あなた次第ですよ、でもやらないと大きな危険を冒すことになる」居住者の一〇〇パーセント、それに職員の一〇〇パーセントが接種を受ける。保健省万歳！　二月初めに七人が亡くなった。集団感染は大製薬会社を大いに儲けさせた。

「ひそかな安楽死のキャンペーンかもしれんな」とムッシュー・ピキエは言う。「老人向け施設は保育園と同じくらい不足しているからな。空きを作ろう。お互い様だ。赤ん坊も年寄りも同じ戦いだ！　力を合わせよう。こういうのを《世代間交流》という。見てごらん、保育園が一体となった老人ホームがどんどん作られている。子供相手の仕事か年寄り相手の仕事が嫌になっても、あっちからこっちに移動して一生勤め先の建物を変えずに働けるじゃないか」

唐突に沈黙の中に閉じこもったが長くは続かない。

「わたしの馬鹿話を本気にするな」

言葉の中にある怒りは、悲しみを覆い隠そうとするものだ。老人ホームの隣人というのはつまらないものではない。絆をもたらす。共感する。お互いに手を貸し合う。あらゆることについて世間話をする。そして、彼の部屋での朗読をやって以来、本屋のじいさんとお隣さんのあいだには本物の友情が結ばれていた。朗読、それは人を温める。

ブルーエは終末を迎えた人を世話するだけの設備が整っていない。マダム・モレルが昏睡状態に陥ると、病院でのケアが必要になった。玄関の前にハッチを開けた救急車が止まるのはいつでもちょっとした反響をもたらす。

「今度は誰の番？」

痩せた首がいくつか伸ばされる。元に戻る。諦め、うなずき合う。救急隊員がハッチを閉める。サイレンもランプもつけずに走りだす、無力、無益さの告白だ、だって、急ぐ必要がないから。ムッシュー・ピキエの言葉は明確だ。

「マダム・モレルには家族がいない。親戚もいない。わたしにこれを書き取らせた。彼女の最後の意志だ。間違いのないように署名してもらった。所長と相談しなさい。マダム・モレルは心から願っている、これが拒否されるなら、残念なことだ」

ムッシュー・ピキエは白い封筒をぼくに差し出す。中には四つに畳まれたメモ帳のページが入っている。広げる。本屋のじいさんの書いた文字があり、その下にセレスティーヌ・モレルの署名がある、震えてはいたが、ちゃんと読める。「マダム・マソン、グレゴワールができるだけ長く付き添って朗読してくれることを望みます。よろしく、セレスティーヌ・モレル」

「グレゴワール！」本屋のじいさんの声は咳で途切れる、「泣いてる場合じゃないぞ！」

ぼくはできるだけ涙を飲み込む。大事な人の死に直面するのは初めてのことだ。朗読会はぼくたちを仲間にした。間違っているのかもしれないが、孫と祖母のあいだの仲間意識。一緒に過ごしたすべての時間が受け取った分だけ与えろと誘っているようなときに、保たなければならない距離を判断するのは難しい。

「マダム・モレルにはもう数時間しか残されていない。わたしはジェレミーに頼んだ、《処方箋》と言おうとしたが、大げさな物言いはやめよう、《勧告》を書いてくれるようにと。病院では、君の好きなようにさせてくれるだろう」

指示ははっきりしている、ぼくはためらうつもりはない。

「何を読んであげるかは言われてないの？」

「彼女が朗読を聴き始めてから、いちばん気に入ったと思うもの。自分でも、彼女に聴かせたいと思うもの」

「……」

すぐには答えない。ぼくはぼくのメモ帳を信用している。そして黙ってタイトル、作者、テーマを見返す。

「アレッサンドロ・バリッコの『海の上のピアニスト』！　覚えています、彼女はこれが大好きだった」

「いいものを選んだ！　他を探す必要はない。時間はどれくらい？」

　ぼくはメモ帳を見る。

「一時間三十五分」

「ちょうどいい」

　マダム・モレルは中学校の音楽の先生だった。音楽への愛を伝えることに人生を捧げた。《いろんな音楽》への愛だ。彼女はあらゆるジャンルの音楽に注意を向けるように努めていた。ときには疑わしく小さく口を尖らすことはあったけれども。こんな感じで、「何もかも好きになることはできないわ。もう繰り返さないと約束して」彼女は、いわゆる彼女の時代の音楽やシャンソンが嫌いなのだと白状して、そう要求した。「とにかくね、グレゴワール、『青色のジャヴァ』とか『サン＝ジャンの私の恋人』以外にも歌うものはあると思うの。ねえ、あなたがホールで、こういうシャンソンの最初の一節をさりげなく口ずさむでしょ。どうなるか。すぐに歌が始まり、ハミングが出てきて、古き良き昔を想って泣くことになる、そういう年寄り女の雰囲気には気が塞《ふさ》ぐの」

　一度、自分で作曲したことはあるか、他人の曲を演奏したことはあるかと尋ねてみた。もしあるなら、どんな楽器を弾けるのかと。懐かしさのこもった声で彼女は打ち明けた、ブルーエに来るとき別れてきた家族のピアノだけが、演奏家になりたいというつつましい彼女の願いを受け入れてくれていたと。他のどんなテーマよりも、音楽を近くからあるいは遠くから描いた短編、中編、長編が彼女のお気に入りだった。なかでもジャズ。彼女は「一九一八年に大西洋を渡ったいわゆる退廃した音楽」について情熱的に語った。四十年やってきた仕事から解放されることはできないようで、教師らしい口調で説明した。「アメリカの軍隊がヨーロッパをぬかるみから引き出しにやって来たとき、当時のヨーロッパはまだカトリックの保護下にあって、あなたなんか想像もできないような窮屈な社会だったのです。二十年後、一九三八年、ナチスはジャズを黒人の音楽とみなし、悪魔の音楽だとしました」マダム・モレルの話は尽きなかった。でも、ぼくがまったく知らなかったこの音楽について彼女が教えてくれたことよりも、いつもとぜんぜん違う声で話しながらすわっている彼女を見ることのほうが驚きだった。土曜の夜や日曜に流行りのクラブで二十歳の馬鹿騒ぎをするときの、ウエストをしぼって、扇形に広がった膝丈の白い水玉のドレスから若さが逃げ去り、肘掛け椅子に縮こまり、すとんとしたスカート、黒か灰色、どっちかはわからない、脛の中程までの長さに上げられた裾、膝までの弾性ストッキング、おばあちゃんらしい薄紫のブラウス、肩に生成りのスカーフというどこにでもいる老女によくある服装の彼女の姿。こんなふうに若さが崩れ去ってしまうこと、ぼくには理解できない、時間が過ぎていく中で代わりに得たものと言えば対面での朗読だけだなんて。彼女はホールでの朗読が好きじゃなかった。『あなたを独り占めしたいのよ!』

19

　翌日。アンブロワーズ＝パレ病院。十五時二十五分。マダム・モレルは一人だ。同時刻、グレゴワール・ジェラン。ぼくは出席、出席です。それでも一人だ。少なくとも、彼女の病室の数メートル前で抱いた印象はそんなところだ。マダム・マソンとジェレミーが彼女の最後の意志を保証した。病院の受付の人、看護師、二人の老人科の医師は知らされている。受付の事務室からこの真っ白な病室まで、歩みにつれて長い絨毯《じゅうたん》が広げられていくようだ。ぼくはブルーエの若い朗読者で、セレスティーヌ・モレルに朗読をしにやって来た。みんなそれぞれのやり方でぼくに共犯者の合図を送る。何人かはぼくを用心深く見ている、たぶん、態度は偉そうだが、まあいいだろうとか思っているんだろう。「いいですか、すべてうまくいっています。モルヒネが効いています。彼女は苦しんでいませんし、この状態なら、もうすぐ店じまいでしょう」こんな言い方は、身も蓋もないみたいだけど、これは真実から遠くないと思う。マダム・モレルは救急病院の廊下に置かれた担架の上で死なないことを幸せに思っているはずだ。

　ぼくについてきた看護師は機械が順調かを確かめる。

「用があったらこれを押して呼んでください」

彼女はぼくに、ベッドの枕元にぶら下がっているナースコールのボタンを見せ、疑わしげな小さな微笑みを向ける。

「ごゆっくり」

彼女は出ていく。出ていくときドアを閉める。マダム・モレルは動かなかった。ぼくは間抜けのようにドアとベッドの間につっ立ち、ひと言も発しないで、一世紀も経ったような気がした。ムッシュー・ピキエは自然に振る舞えと助言した。まあ、やってみよう。それしかない。

「こんにちは、マダム・モレル」

「……」

作り声だ。完全な不発。うまい始まりだ。まるで生の声を聞けると思い込んでいた人に電話して留守電にメッセージを残すことになったときのような困惑。「気を使わないで言うよ、セレスティーヌ、グレゴワールだよ！」なんて言い方では駄目だ、いや、真面目な話、深い昏睡状態に陥っている人にどんなふうに声をかけたらいいんだ？

左腕の内側につながれた二本の点滴の管、心電図モニターの画面を左から右に走る曲線にチッチッと音を立てて規則的に現われる必死な山形の波。彼女の体を隠した上掛けの半分まで折り返されたシーツの上に力なく置かれたセレスティーヌの右手からわずか数センチメートルのところにぼくは布袋を斜めにかけ、立っている、所在なく。この非現実的なもののそばで、ぼくは考える、ぼくは現実にこの場所にいるのだろうか、それになんといってもどこから会話を始めればいいのだろうか。呆然とした時間はこんなふうに過ぎた、たぶん。

ありがたいことに、続いて反抗心と憤りが一度にやって来る。この社会は、この技術はなんなんだ、死ぬときのような怖い気持ちになったときに手を取り合うこともできないなんて。そのための学位なんてないんだ。常識を持てよ、みんな。マダム・モレルはジャズが好きだった。魔法使いじゃないんだ。ようやく正しい言葉を見つける。

「マダム・モレル、ユーチューブで探したんですよ。ジェリー・ロール・モートンの古い動画を見つけました。覚えてますか、バリッコが本の中でノヴェチェントとの対決を描くのに着想を得たピアニストですよ」

答えは待たない。もう話ができず、答えられない人の答えを待つのはひどいと思う。ぼくは続ける。

「イヤホンをつけますからね。そんなに大きな音は出しません。すぐわかります。ぼくも自分につけます、こうすれば、一緒に聴けますからね」

全部準備してきた。ディアリカが二人用のイヤホンを貸してくれた。彼女のそばにすわることができる。こうしたすごく具体的な細部が安心感を与えてくれる。

「その後、朗読をします。時間はありますから」

彼女がジャズクラブによく行っていたことは知ってる。その話をよくしてくれた。教師としての最初の頃の職場はパリの郊外にあった。土曜の夜になると彼女ははじけた。生涯を通して、彼女はサクソフォンの名プレイヤーだったり、それほどではないプレイヤーだったりの演奏を聴きながら、常に同じ質問を胸に抱いていた、どんな質問かわかる？　彼女の友情と信頼を得たら、あなたにも訊いていただろう。

「もし選べるとしたら、グレゴワール、どれがいい？　音楽になること、楽器になること、音楽家になること、音楽を聴く人になること」

　彼女は相手が困るのを見て喜んだ。ぼくは深く考えずに、音楽になるのがいいと答えた。エレクトリックギターのソロになったら気持ちがいいだろうから、と。彼女は笑い、ぼくの手をトントンと叩いた。

「わたしと同じだわ、グレゴワール、わたしも音楽になりたい。楽器も音楽家も聴く人もなかったら、音楽は存在しない。この、生まれるときと消えるときの自由さ。死ぬときに消え去るこのこだまは、ただ、残りの三つから生まれてくる。曲の終わりの音楽家の虚栄は、曲が終わったときの悲しみと同じ大きさ、だから彼はもう一度演奏することだけを望む。楽器は干上がった湖のように空っぽで、青空に懇願する、聴いている人は、音楽がもうなくなっても幸福に震えている。ただメロディーだけが未来も過去もない瞬間なの。人間には不可能な絶対的な現在。それなのに、音楽以上にすべてが染み込んでいるものはないわ。昨日、今日、明日がそこにはある、たった一つの独特な空気の震えとして表現されて」

　彼女はこれをスノードロップのような声で語った。居室のことも治しようのない痛みのことも忘れていた。彼女は再び思い出の中に旅立っていた。

　三十歳の誕生日。ボヘミアンのパリのマロニエの木蔭、洗濯船《バトー＝ラヴォワール》広場。あるベンチで会う約束。彼女は時間どおりに来て、彼も来た。二人は愛し合っていた。口づけをする。手を絡ませる。髪を撫でる。彼が彼女の肩を抱く、そしてうっとりするような声でこんなふうに始める。「昨夜、ぼくは夢を見た……」

彼女はそれを聴く。「彼は月の上でもトマトを育てられたわ」、彼女はよくこう言っていた。

「……ぼくは夢を見た、その中でぼくたちはベンチにすわっていた、今こうして抱き合っているように、抱き合って。すると向かいにある階段の下に」彼はそう言いながら階段を指差す、「ぼくたちのいるベンチに向かってゆっくりと階段を一段一段登ってくる群衆から、一つの奇妙な影が抜け出した。その影は表情のない白い仮面をつけ燕尾服を着ていたので、男か女かもわからなかった。確からしいのは、左手の上に盆を載せ、盆の上には瓶が一本とグラスが二個載っていた。ぼくたちから十メートルのところで。黙って。両性具有の……」

セレスティーヌは何も言わない。うっとりしている。恋人が語る物語を聴いている。彼の腕の中にさらに身を寄せる。彼の声はさらに熱くさらに優しくなる。

「……そして奇妙な影は君の前で丁重にお辞儀し、君の三十歳を祝うために持ってきた瓶を静かに開ける。そのとき突然、影はすっくと立ち、胸からは叫び声がほとばしる、シャンパン！」

セレスティーヌはすっかり魔法にかけられ、自分の目も耳も信じられなくなっていた、そのとき、二人が抱き合っていたベンチから二メートルほど離れた場所に、夢の中の人影と同じ人影が現われ、轟くような声で叫んだ、「シャンパン！」

彼女は信じられない思いで飛び上がる。驚きと喜びで開いた口に両手をあてる。そこでようやく彼女は自分の見ていた幻覚を理解する。白い仮面の人影は、完璧に計画された演出に手を貸した友人なのだ。そこで彼女は笑う、恋人が注いでくれたシャンパンを飲みながら、小説に描かれるような幸福に笑う。この幸せの中で、友人は夢に出てきた人と同じように、すべてが優雅で味わいがあり、ベンチに盆を置き肩からアルトサックスを下ろして組み立て、咥《くわ》え、黒い燕尾服に固定し、指が走り、恋人の手が撫でている髪と同じくらい金色のメロディーを紡ぎ出す。

セレスティーヌはこの場面をぼくに数十回は話した。彼女の愛の物語、彼女の栄光だったのだ。

彼女は消え去っていこうとしている。ジェリー・ロール・モートンは鍵盤で自分を解放している。ぼくは音楽に合わせて彼女の手首をトントン叩く。彼女に触りたい。水槽の中に一人でいるんじゃないと知らせたい。彼女が書面で要求したとおり、ブルーエのグレゴワールが最後まで一緒にいるよと。その後、ほんとは何がしたいのかを思いつく。彼女が理解するか理解しないか、どっちでもいい。今いるところにいるのが嬉しい。早めに喪に服しているのだ。ああ！　死ぬ人たちは行ってしまう、ぼくたちは残る！　ぼくたちの悲しみをどうすればいいのか？　ぼくの悲しみを読んであげるよ、セレスティーヌ。バリッコ、偉大な作品。『海の上のピアニスト』。ぼくは本を開く。二時間の航海。《バージニアン号》。目的地はアメリカ。二〇年代とジャズ。セレスティーヌは輝いている。ぼくはわかっている。自分にそう言い聞かせるのに疲れる。本が終わらなければいいのに。千と一夜のあいだ全力で文章を長引かせて、あなたを引き止められたらいいのに。本の最後の言葉を延々と繰り返し、ぼくの声が疲れと苦しみと悲しみで出なくなってしまうまで。読むのをやめると、もう二つの点滴の動きだけになっている。恐ろしい。モニターでは、緑色の線がもう動かない。

20

マダム・ジルー、マダム・モレルの隣人で友人、一緒にブルーエの廊下を歩き、音楽と農業というかけ離れた関心を重ね合わせながら長い会話を続けてきたマダム・ジルーは、ショックを顔に出す。セレスティーヌの死で彼女は慰めようのない悲しみに落ち込む。あの歩み、腕を組み、ときには手をつなぎ、二人だけの愛情を込めて指を絡ませ、尽きない議論に刻み込まれ数えられた規則的なあの歩み、それはもうない。マダム・ジルーは引きこもり、視線は生者の世界と切り離された思いの中に消えていっている。ムッシュー・ピキエはもう朗読を聴きにホールに来るよう彼女を説得することができない。ゼンマイが切れた。カウンターが止まった。マダム・ジルーは以前愛したように春の兆しを探しに庭園の小道に行くこともうない。真面目でまっすぐなまったくの農家の女性である彼女の人生とはかけはなれた条件の女性との関係は、家族ももう長いこと喜びをもたらさなくなった彼女の年老いた日々を明るくしていた。マダム・ジルーは、マダム・モレルとのつき合いで自分の盾《たて》を作り上げていた。過ぎていく日を期待させるものが一つもないこのホームで襲ってくる絶望に対して、小さな喜びで身を守るための脆《もろ》い盾だった。マダム・ジルーは最後までどうあっても生きるという決意に満ちた女性だった。誰も見抜いてはいなかったが、彼女は皆をだましていたのだ。

ブルーエに出入りするには二つのコードが必要だ。外側の門は職員と家族が使う駐車場に続く。玄関に入るには二番目の扉がある。二つのコードを知っているのは訪問する親族と従業員だけだ。ぼくたちは居住者には知らせないように命じられている。だいいち、ぼくたちがその番号を押さなきゃいけないことはほとんどない。いつでもマリー＝クレールかブリジットが詰所にいて、覗き窓か監視カメラで出入りを見張って扉を開けてくれるからだ。モニターは四台ある。カメラ一個につき一台で、監視カメラは二十四時間撮影している。そのシステムで唯一の欠陥は庭園の奥にある小さな門で、その門のコードは曳船道を通って徒歩で駅に行く人だけが知っていて、そこにはカメラがない。現在まで誰も心配している人はいなかった。マダム・ジルーが姿を消したとき、当然、監視カメラの映像を見ようということになった。ディアリカが最後に彼女と話した時間以降、彼女が失踪したと推定される十二時間のビデオだ。残るのは、庭から彼女が出たと思われる小さな門の謎だ。どうやってコードを手に入れたのか？　誰かがきちんと閉めなかったのか？

日曜の朝八時。チームの交代時間。指示の伝達。特記事項なし。ブルーエはおそらく刑務所のような趣を持っている。ありがたいことに、ぼくたちはまだ居住者の在室を常時監視する覗き穴をつけてはいない。マダム・ジルーは遠くに行ってしまっているはずだ、だが今のところ、所長には知らせないことで全員が合意している。昼前にはマダム・ジルーはおとなしくブルーエの懐に戻り、すべてが通常に戻るだろうと願ってのことだ。この情報は九時半にショートメッセージを通じてぼくに届く。

「マダム・ジルーが消えた。運河沿いを調べて。よろしく。ディア」

休みの日だ。グレゴワールを走らせろ。まったくついていない。彼女の鬱状態を考えると、街のほうに行ったとは思えない。どっちかというと、五、六キロ離れた自分の農場を見に戻っていると思う。彼女はそこで生まれ、結婚し、四人の子供を育てた。みんなが正しい方向に伸びるようにと震えながら見守った一生。雌牛が仔牛と牛乳を与えてくれるように。干し草と藁《わら》が雨に遭って腐らないうちに取り込まれるように。お互いに喜びを与え合うような時間もないカップルには休暇も優しさもない。代わりに、仕事への愛が失われることはなかった。ぼくはだから運河のカーブを見下ろす台地のほうに進む、そこに、ボワ＝プチ農場があり、今では娘夫婦が耕作し、彼らは彼女が元気かどうか気にも留めていない。眺めは回り道をしただけの価値がある。緑の小麦畑。森を切断する広大な金色の土地には石灰質の跡が走り、谷のくぼみに石英が露頭している。三月の予兆を示す小道がいたるところ縦横に走る。ぼくは柳の花粉を胸いっぱいに吸い込んでペダルを踏む。そして曳船道に続く直線道の始まりに行くたび、方位磁石の赤い針が北を向くように、頑固にこの土地を目指して歩いていくマダム・ジルーの小さな姿が見えるのではないかと期待する。水門の歩道橋を通り過ぎるとき、黒い水に広がる光の花かんむりが目に飛び込んでくる。反射的にブレーキをかける。突然止まったので後車輪が横滑りする。もとに戻す。両手はまだブレーキをぎっちり摑んだまま、口を開け、動けない、ぼくは見る。

マダム・ジルー、両手両足を広げ、顔を運河の底に向け、ドレスと、色とりどりの小さなバッグが二十個ほど広がった中に浮かんでいる。いくつかはキラキラする色付きビーズで編まれ、散歩に出かける彼女が腰に、胸に、お腹に抱えていたものだ。自分の目が見ているものが現実だとどうやったら信じられるのだろう。叫び声さえあげられずにいる。喉が詰まって。十分の一秒ほどのあいだ、この光景は美しく見える。嵐模様の空を飛んでいく無重力状態の体、周りを小さなバッグの光輪に包まれて、ブルーエで見る人の微笑みを誘っていた噂の的のバッグ。マダム・ジルーとその計り知れない財産。マダム・ジルーとその秘密。彼女は二十ほど持っていた中から持ち歩くバッグを選ぶのに必ず長い時間をかけた。バッグを換える基準は彼女にしかわからなかった。マダム・モレルと一緒にブルーエの廊下を話しながら歩くには三つから五つのバッグ、庭園の小道に立ち向かうには少なくともさらに二つ。この最後の旅には、クジャクの広げた羽のように水面に浮かんでいるのを、ぼくは十四まで数えた。ブルーエの《ドラゴン》はここで生きるのをやめた。ここでぼくはいつまでもバシュラールの『水と夢』が通り過ぎていくのを見ている。

21

二十四号室。三月末日。死亡後の消毒作業、マダム・モレルは係累がなく、残したわずかな持ち物を渡す相手がいなかったので、衣類、本などは迷いなく捨てなくてはならない。写真や書かれた文書などは戸棚にしまわれる。《思い出》とラベルが貼られている。姓。名。日付。故人の連絡先。二週間後、二十五号室で同じ筋書きが繰り返される。一つの違いは、マダム・ジルーの四人の子供が最初で最後の訪問をしたこと。漂白殺菌剤のジャヴェル水で白くなった骨にとまる四羽のハゲタカ。こそげ落とすものなんてもう何もない。

良心を鎮めるためそして後悔のないように、タンスの上に目立つように置かれたバッグの中身を末っ子が調べる。人は可能なら最後のメッセージを届けるためにこのように気を配るのだなあとぼくは驚く。一つの包みの中に、年を経て黄ばんだ百人ほどの死亡通知の切り抜きが入っている。このコレクションに肝をつぶした子供たちの話では、親族、隣人、遠い知人などだという。そしてはっとするような白さの紙に、マダム・ジルーは最後の言葉を書き残している。

「年寄りはあなたたちに厄介をかけるのをやめました。それが望みです」

部屋は空っぽだ。もちろん、ベッドと、ベッド脇のテーブル、タンス、肘掛け椅子、椅子、ベッドの向かいに壁掛けのテレビは残っている。これで全部だ。消毒剤の鼻を刺す臭いを打ち消すように、この個性のない備品から放たれる忘却の容易さにぼくはうちのめされる。「マダム・ジルーとおっしゃいましたか？　存じませんね！　マダム・モレル、そちらも存じません」

その部屋は別の物語、別の人生を待ち受けている。この町か、近くの田舎で終わろうとしているもう一つの人生だ。数週間前さらには数か月前から書類の山の上に置かれていた、苦しんでいるマダムかムッシューの書類がようやく行き先を見つける。その家族は待ちかねている。当の本人はそれほどでもない。自分を待ち受ける運命に気づいていないとしても、次に起きることは同じだ。選択の時間だ。

その人たちが住んでいたのは二階建ての家で、車庫、物置、納屋、客間、居間、台所があった。広い、あるいは狭いアパルトマンで人生の六十年を過ごしてきた。そこに、選別の日がやって来たのだ。これからは、最後の日々を一人につき最大で六十平米強の空間で過ごすことになる。だから、食堂にあった曾祖母から伝わった食器棚に別れを告げ、中に入っていた食器にも別れを告げ、ごたごたとあったすべての物に別れを告げる。あなたの居室には何も入れられない。選り分けなくてはならない。どちらかと言えば小さい物しか取っておけない、本とは限らず、生きる中で集まってきた飾り物、飾り棚や低いテーブルや窓枠に、あちこちに目立つように飾っていた物。そうした物一つ一つを取り上げて自分に訊く。これを取っておくのは妥当だろうか、これなしでは生きていけないだろうか、その思い出はもう豊かな味わいの汁気が失せたので惜しげなく捨てられるだろうか。写真は実用的だ。銀塩プリントでさえ場所を取らない。箱。大きい箱、小さい箱。せいぜいアルバムが数冊だ。将来は、確実にぼくたちの人生は小さなパソコンに収まることになるだろう。

22

ムッシュー・ピキエはそこまで進んでいない。ここに来るときの難破から逃れた三千冊の本の他は、こうしたかけがえのない物は少ししか持っていない。彼の最初の辞書の上に常に置かれている羅針盤。中学のときに詩を書いて初めてもらった賞品で、崇《あが》めるべき対象にまで到達したラルースの辞書。

「辞書だ、グレゴワール。辞書と羅針盤。それがあれば安心できる、そこには意味と方向がある」

そして最後に三千冊を著者のアルファベット順に分類するために二十五個の石、散歩の途中で拾って鎧戸《よろいど》に並べておいたものだ。二十六文字を分けるための、本の形に似た二十五個の石。石の一つ一つに物語がある。

「持ってみなさい。みんな重い。ほとんどはガレ場で見つけた。山の中を歩くと、目の眩むような高い崖の麓《ふもと》に崩れ落ちた岩が堆積している。こうしたかけらは、風、水、凍結、太陽の影響をかわるがわる受けて、断層を、数千年離れている二つの地層のすき間から剝がれ落ちてきた。見なさい、この玄武岩の敷石。黒いだろう。だが、こんなふうに黒くなる前には、真っ赤に熱せられていた。これはオーベルニュの産だ。シダがちりばめられたこの石灰岩。化石。植物の眠りはわたしを引きつける。ベルナール＝マリー・コルテスとイジドール・リュシアン・デュカスの間にロートレアモン伯爵がはさまっている。わたしは『はじめに言葉ありき、最後にあるのは当然の結果だ』という警句はおかしいと思っているよ。わたしたちは戯《おど》け者だな」

そして、こうした品物、石と本の上に位置するのは、彼がどうあってもぼくに見せたいと思っている貴重な文書だ。それは、話によると、火葬されたいという意思を貫けば彼の死後には残らないものだという。その象徴的な重みは非常に大きいと彼は言う。五十年ほど前に書いて以来、彼は一度も読み返さなかった。

「謎めいてますね、ムッシュー・ピキエ！」

マダム・モレルの死とその隣人であるマダム・ジルーの自殺によってショックを受けたからだろうか？　今となっては一人で支えるには重すぎる秘密を、誰かと分かち合うことなく死ぬことへの悩み？　ぼくにはわからない。でも、この点でもまた、マダム・ジルーとは違ったふうにだが、本屋のじいさんの演出は微笑ましい。これほどの知性をもって他人の目から隠されていた彼の人生の一部を教えてもらえることは感動的でもある。よく知られていることだが、完全犯罪の犯人は、策略の巧妙さを警察にわざとわからせるように行動することが多いという。でも、なぜその日？

彼は封筒を差し出す。

「これで足りるだろう。ブラックライトを見つけてきてくれ。ポケットタイプがいい」

ぼくは質問をせずに品物を見つけてくる。お釣りを渡す。ベッド脇のテーブルに品物を置く。

「土曜の夜は仕事か?」

「計画表ではそうなってます」

「二十二時に部屋に来てくれ」

二十二時、土曜の夜、半開きのドアから老人が眠っているのが見える。トイレの電気がつけっぱなしだ。ぼくはベッドに近づき、体をかがめて耳のすぐそばでささやく、そのほうがよく聞こえるからいいと思ったのだ。

「ムッシュー・ピキエ、街灯に火をつけに来ましたよ!」

彼は半分怒って身を起こす。怖い。

「あー、駄目だ、グレゴワール。ふざけてる場合じゃない!……トイレの電気を消してくれ」

「ぼくを怖がらせて楽しいですか?」

「文句言ってないで話を聞け。上着を脱がせて上半身を裸にしてくれ」

声の震え、神経質な態度、混乱した様子からいつもと違って緊張しているのがわかる。

「ストリップですか?」

「ああ、そう言いたければ」

ベッドの端にすわったムッシュー・ピキエはシダの先端のようにまるまっている。両手を脇の下に回して背中の皮膚を両側に引っ張り、ぼくに厳しい声で言う。

「背中をライトで照らせ」

「ムッシュー・ピキエ、毎日背中をさすれって虐待です」

「背中をさすれとは言ってない、左肩をライトで照らせ」

ぼくはちょっとムッとしながら言われたとおりにする。時々老人の気まぐれは手に負えない。

「はい、今すぐ！　ちょっと待ってくださいね、ムッシュー・ピキエ」

ぼくは一瞬スイッチを探して苛立つ、ここだ、ブラックライトが彼の左肩を照らす。

「読めるか？」

「まさか……タトゥーだ！」

「そのとおりですよ！　見えないインクで彫ったタトゥーだ。書かれているものを照らせ。わたしは君に知ってほしいんだよ。この苦行をずっと五十年も背中にしょってきたことをな」

あるのは文字だけだった。文字は真皮まで届いている。「おお、いかほどの大宮殿、壮麗な屋敷、高貴な建物、少し前までは住人、領主や奥方で満たされていた場所が、最も卑しい召使いに至るまで姿を消し、空になってしまったものか！」肩の関節のところで、皮膚の皺で読めなくなる。

「上に引っ張れ！　丈夫だ、紙より丈夫だから」

ライトを左手に持ち、右手で皮膚を引っ張る。一文字一文字。一語一語。紫外線のライトが通るに連れて第二パラグラフが浮かび上がる。「どれほどの重要な家系が、どれほどの遺産が、どれほどの莫大な富が正統な後継者なく残されたことか！　どれほどの勇敢な男、美しい婦人が、どれほどの若者たちが、ただ無差別にというばかりでなく、ガレノス、ヒポクラテス、アスクレピオスでさえ万全の健康と診断しただろう人たちが、朝に両親、仲間、友人たちと食事をとり、夕にはもう一つの世界で他界した人々と夕食をとる……」

文章はリーダーで終わっている。

「これは何？」

「フィレンツェだ、グレゴワール、黒死病、一三四八年」

「……」

「ジョヴァンニ・ボッカチオの『デカメロン』に出てくるペストだ。聞いたことないか？」

「いいえ、ぜんぜん」

「わたしたちゲイにとって、エイズの話は——貪欲なホモたちへの当然の罰だと言う人もいるようだが——この本との類似が明白だった。ボッカチオの見方は正しかった。フィレンツェの若者の精華を舞台に配し、全体を覆う雰囲気の中で、カトリックの保守的な考えに従って体と魂を救うために唯一必要とされる祈りと後悔を拒否させる。その演出は天才的だった。七人の若い女性と三人の若い男性。ペストにかからずにすんだ。全員が神よりも美しく、当然裕福で、町から数キロ離れた場所に逃れ、それからの十日間、毎日それぞれが話を物語るという規則を決める。十かける十は百だ。語られた創作という体裁を取り、よく考え抜かれ、神による罰だという説に反対する本となっている。聖書では、始めに言葉（Verbe）があったとなっている。この本は小文字のvだ。大文字のVなんてたくさんだ！　エイズはわたしたちを殺す。わたしたちは信じられずにいた。そして《わたしの恋人》はわたしの過ちから感染してしまった。ややこしい話なんだ。というのも、わたし自身は一度もウイルスに感染しなかったからだ。当時わたしたちがどれほど危険な生き方をしていたか、くわしく教えよう。当時は、今のように科学者や研究所が分子や奇跡のワクチンの話をする時代が来ると予感させるようなものはまったくなかった。この病気には出口は一つしかなかった。死だ。その言葉はわたしたちを閃光のように照らした。わたしたちは右側に逸れた、緊急待避レーンだ。愛は終わらせろ。普通に行動しているときには、絶望がどんなことをさせるものか、どんな馬鹿げたことを言わせるものか想像もできない。わたしは彼に言った、《恋人》に、もし、生き延びたければボッカチオの百の物語を暗記しろと。六か月後、彼は死んだ。わたしは探した。わたしの苦しみをどう言ったらいいのだろう。消すことのできない罪悪感を表現するには何をすればいいのか。タトゥーだ。背中一面に。文字で表現する。彼の体とわたしの体への嫌悪。わたしたちの肌から自由を奪うもの。絶たれた接触。君は今、見ている。堪え難い衰え。におい。廃棄物。口。肛門。試練の中でのわたしの卑怯さ。わたしは泣いた。自分が嫌になった。わたし一人だけが悪い。わたしの愛に罪はない。彼の最後の視線。わたしは生きている。そうしたすべてのことのために、わたしは針の苦痛を自分に科し、言い表わしようがないことをこの素晴らしい文章によって針の先端で打ち消すことを望んだ。ほぼ償いのようなものだ。裸眼では見えず、もしも見せたいときにはブラックライトだけがそれを露わにする」

タトゥーはこの一節で終わっている、「いつまでも皮膚の中に」

静かに燐光を発しているこの誓いを、ぼくは存在に気づかないまま何度タオルで擦ったのだろうか。何人の恋人がその上を強く抱きしめたのだろうか。ムッシュー・ピキエにはただ一つの愛しかなかった、そしてその愛を、彼は殺したのだ。

感動？　そんな言葉では足りない。彼が今告白したこと、そして秘密を要求したことはぼくの二十年を粉々にする。ぼくはライトを消すのを忘れた。二時間半のあいだ、その光は部屋のすべてを変えてしまう。毛布。歯。白目の部分。耐えられない沈黙の中で、ムッシュー・ピキエはもう涙を堪《こら》えられない。彼は泣くのが好きじゃないのは知っているけど、これがたった一つの答えのような気がする。ぼくは彼に腕を回して強く抱きしめる。ぼくの携帯は震えるのをやめない。音のない呼び出しのたびにぼくのポケットが震える。一分ごとに一度の呼び出し。ディアリカ。ディアリカ。ディアリカ。約束だった。十二時十五分、三十一号室。十分の遅刻。

彼はようやく微笑んだ。

「もう一つの朗読が上の階で待ってるらしいな。行きなさい！」

23

ディアリカ。ディアリカ。北。東。西。南。ヨットと羅針盤。ディアリカ。六か月以上続いている。ショートメッセージを通して。フラッシュモブの愛。ダニーがいないときに洗濯物置き場で。新しい入居者が入る前の部屋で。ひと言も発せず。逃げて、人目を避ける。ムッシュー・ピキエは慎重にやれと助言する。もし知られたら、悪い結果になる。七月十三日。二人はブルーエの屋上にいる。周りは、町、下の遊覧船の桟橋には大勢の人が空を見上げて叫んでいる。「おおー！　なんて綺麗な青だ！　おおー！」ぼくたちは、裸で、空調の保守をする人以外は出入り禁止となっている屋上の砂利の上にいる。頭の上に広がっているつやつやした防火テント。美しい黒人女性。美しい白人男性。ぼくたちは踊る。ぼくたちの城塞の上に倒れ込む、睡眠薬で眠るじいちゃんばあちゃんたちの頭の上、孤独と悲しみの上に。みんな何も聞こえない、ぼくたちの叫び声も。ぼくたちは楽しみ、見られることも知られることもなく、至極真面目な態度で休憩室にいる同僚の輪に加わる。

屋上から従業員用の階段で降りると三階の廊下に出る。ディアリカが急に立ち止まる。ぼくの腕を取り、静かにと合図して廊下の端にいる人影を指す。男の人影だ。同僚が巡回しているのか？　そんなわけない。こっち側を担当しているのはディアリカだけだ。居住者？　そうみたいだ。ムッシュー・ルーボーだとわかった。こんなところで何をしているのだろう？　ムッシュー・ルーボーは二階の住人だ。おや、スクープだ、ノックもせずにミシェル・ベルトロの部屋に入っていく。小柄なアルツハイマーの女性で六十歳にもなっていない。とても美人だが、頭のほうは……。ディアリカは自分を抑える。唇に指を当てる。トップシークレットだ。二人は目を合わせる。声を出さずに大笑いする。ブルーエでセックスしているのはぼくたちだけだと自慢に思っていたのに。大間違い！　ここには、まだ勃起する老人、まだ濡れる老女がいる。そしてなかには一緒にオルガスムに達する人たちもいるのだ。

ぼくが世間知らずなことに同僚たちは驚く。

「ここをなんだと思ってる？　死体置き場？　生きてる限り、あれのことを考えるんだよ。人形劇のプルチネッラだってそう言ってる。ムッシュー・ルーボーはスターなんだ」

ぼくはブルーエを昏睡状態にあると思っていた。夜になると、三つか四つの部屋の扉が訪問客を待ってひそかに半開きにされる。肉体は駄目になっていくけど、欲望はそのまま残る。誘惑される。誘惑する。楽しむ。愛撫する。こうした動詞は年齢に関係ない。ムッシュー・ルーボーは、直説法現在しか知らず、女性たちはそれに感謝している。聞いた話だが、ときどきライバルに嫉妬した女性の口がゆるみ、悪口を言い始めることがあるらしいが、すぐに収まるという。というのも、一種の《セックスを通じた姉妹愛》のようなものが、ひと握りの選ばれた女性として彼女たちを結びつけ、この貴重なものを順番に分け合っているので、台無しにすることになったら残念この上ないからだ。毎晩毎晩、小さなルーボー小父さんは、見栄えはしないが、鬼火を集めに墓地に行くみたいに、部屋から部屋へと渡り歩く。これについてジェレミー医師に話をさせたら止まらない。

「これとグレゴワールの朗読があれば、医者はお払い箱だな！」

24

　ブルーエの施設は三十五年間万事順調だった。建設と事業の開始以来、工事はまったくなかった。小さな故障、通常の保守、それはジョスランの担当だ。器用な何でも屋のジョスランはあらゆる種類の緊急事態に応じることができる。午前三時とか長い休暇中の日曜日とか、職人を呼べない時間に緊急事態が起きるのはよくあることだ。そういうとき、ブルーエが契約している会社が来るまでのあいだ、ジョスランは二十四時間体制で対応する。彼は確実だ。

　みんな彼が大好きだ。宝物だ。五十六歳。ぼくの父親と同じ年。ごま塩の髪。どんな時でも陽気だ。電灯が切れた。テレビのリモコンの電池がなくなった。ベッドが動かない。額を壁にかけたい。ちょっとした大工仕事、配管、暖房、衛生、電気。ジョスランこっちに。ジョスランあっちに。ジョスラン、ノンストップだ。女性たちに挨拶のキス。男性たちとは拳を合わせる。ショービジネスのスターのよう。彼の楽しげな上機嫌を損なうことはできない。排水管ナンバー3に起きた大問題であっても。十人の居住者が、問題の排水管にはつながっていない空き部屋に緊急移動しなくてはならない。まさに難問だ。全員呼集。衛生設備の保守会社ソポデックスは来週半ばまで修理に人を出せないと言う。ジョスランはいつものように腕まくりして、水道を止め、管の掃除をする。一メートル一メートル管を空にして、どこに問題があるかを突き止めようとしている。彼は十八号室のトイレで、すごい勢いで仕事をしている。十八号室というのは二十八号室の真下で、二十八号室ではムッシュー・ピキエに本を朗読している真っ最中だ。そこに、ジョスランの罵り声がすぐそばにいるみたいに聞こえてくる。驚いてムッシュー・ピキエを見ると、彼は浴室を顎で指す。

「ジョスランはそこにいるのか?」

「いいえ。この下の二階で仕事しているんですよ」

ムッシュー・ピキエは眉を上げる。

「そうなのか、驚きだな!」

ぼくとしては、ふだん他のものが通っている管を声が伝わってくるのだなという平凡な感想を抱くだけだ。朗読に戻ろうとすると、ムッシュー・ピキエは大陰謀家といった調子で読みかけのセリーヌの上に手を置き、こう言う。

「いや、グレゴワール、『夜の果てへの旅』は後でもいい。もっといいことがある。ジョスランに朗読の時間だと言え!」

ぼくは笑いだす。

「すごいです、ムッシュー・ピキエ」

ぼくはすぐに彼のトイレの便器のそばに膝をつき、便座の両側に手を置いて、恐ろしい臭いにも負けず、水のなくなった便器の排水管を覗き込んでジョスランを呼ぶ。

「おーい、ジョスラン、聞こえる？」

「……」

長い沈黙。それから、墓場から呼ぶような声が聞こえる。

「黙れよ、おれは仕事してるんだ」

「ムッシュー・ピキエが、朗読してほしいかって訊いてるよ」

「ああ、ああ、そいつは面白いね」

接続は完璧だ。本屋のじいさんとぼくは唖然とする。どうしてもっと早く思いつかなかったのか。でもそれは当然だ。水がなくなれば管には空気が満たされ音を伝える。とくに声はよく伝わる。証明終わり。ムッシュー・ピキエは考える。

「グレゴワール、ここにわたしたちのメディアがある。ラジオ・ブルーエ、ラジオ・ブルーエ、こちらクソまみれ、クソまみれに呼びかけます」

古い戦争映画で暗号化されたメッセージを呼びかけるレジスタンスみたいな声を出している。もう彼を止められない。計画は開始された。

「ジョスランに、仕事が終わったら上がってきてくれと言え」

またもや管を通して、

「ジョスラン！　終わったらここに寄って、ムッシュー・ピキエが頼みたいことがあるって」

「オーケー、もう少ししたら行くよ」

ジョスランがやって来た。いつもほどはつらつとしてはいないみたいだが、上がってきてほくたちが首を揃えて待っているのを見たら、上機嫌を取り戻した。

「それで、こんなふうに便器と便器のあいだで話ができるとなんかいいことあるのかい？」

ムッシュー・ピキエは考える。

「聞いてくれ、ジョスラン、誰でもあんたのように管の中で働いているわけじゃない。ブルーエ全体の排水管の図面が欲しい。手に入ったら、説明しよう」

いつものように、彼と一緒だと物事は単純になる。二階から四階まで、彼の住む三階はもちろん、いくつの部屋が彼のトイレと同じ排水管を使っているかを知りたいと言う、そしてその内、便器から水を抜くといくつの部屋がつながるかを知りたがる。

ジョスランは明快だ。

「図面なんか必要ないですよ。配管は樹木状になっていて、上の階から共通の幹が降りてきて各階をつないでいる。それぞれの階では四つに枝分かれする、四部屋だね。それが三階分ある。この部屋は他の十一の部屋とつながっている。上に四部屋、下に四部屋、そしてこの階の他の三部屋だ。なんなら名簿だって渡せるよ」

本屋のじいさんは手を叩く。

「そうだ、そうだ、ジョスラン、名簿だ！」

「この部屋の真上はマダム・ベルトロ、小柄なアルツハイマー、マダム・ヴィディ、ムッシュー・ビュネル。三十一号室は空室だ」

ディアリカの顔がちらっと浮かぶ。ジョスランは列挙を続ける。

「この下にいるのはマダム・リシュパン、マダム・デリダ、マダム・リシャールとマダム・アンドルー。訪問家族が使える二つのトイレも付け加えてくれ。そして、近くのお隣さんたちは知ってるね。亡くなったマダム・ジルー、その部屋は空いている。ムッシュー・ルーボー、マダム・ブレオーはセレスティーヌの後に入ったばかりだ。そしてこの部屋、ムッシュー・ピキエ。ツアーは以上」

「最高だ！　ありがとうジョスラン」

週の半ばになってソポデックスが仕事をし、誰もが排水管ナンバー3の故障をしだいに忘れる。誰もが？　ムッシュー・ピキエ、彼は何一つ忘れない。ラジオのアイデアはもう彼を片時も離れない。

「グレゴワール、禁書を読むことにする！」

「……」

それが何かぼくは知らない。

「禁書だ、グレゴワール、道徳が一般公開を禁じたすべての書物だ。国立図書館には禁書を集めた部屋があって『地獄』と名づけられている。そのうちのいくつかがこの部屋にある。誰もやろうとしなかったことをしなくてはならない。老人ホームでエロ本を読むんだ。君の声は壁を震わせるだろう！」

今のところ、震えているのはぼくだ。

25

十九時四十五分。ブルーエ・ホーム。この時間ここはすべてが無気力状態に陥っている。当直のチームは位置についている。テレビは静かな音を出している。すでに深い眠りに入った者も多い。なんといってもマソンがぼくたちに口を出さない。彼女は十九時に施設を出て滅多に戻ってくることはない、年に二、三回、問題が起きて責任者の決定が必要なときだけだ。前回そんなことがあったのは、マダム・ジルーの悲劇的な最期で起きた大騒ぎの時だった。ブルーエはそんな宣伝は欲しくなかった。消防士。憲兵。捜査。新聞記事とそのような行動の結果元気な人々の頭に生まれる懸念。こんな話を聞くために老人施設を町の外に作ったんじゃない。老人施設を静かにさせろ！　音を立てずに人は死に、その間、別の側では、生きる代わりに汗水垂らして働く。

ぼくは位置についている。ぼくの仕事は快適ではない。迷う。丸椅子にすわり、上半身を折って便座に屈み込むか、クッションの上に膝をついて、頭を便座に載せるか。どっちにしても、本をどこに置けばいいのかわからない。

本屋のじいさんはジョスランと相談して自分の部屋のトイレから放送するのがいいだろうと

話をつけた。排水管の中間の場所。四階から一階までで、訪問者が使えるトイレを数に入れると十三ある受け手の便座からほぼ同じ距離になる。四階の空き部屋のを入れて十四だ。ディアリカはその部屋で聞いていると約束してくれた。

情報は意図的にリークされた。本屋のじいさんが聴衆を欲しがっているのだ。事務室の職員と上司たちを除いて、施設じゅうの人が知っている。各自が位置についている。最小限の時間で十四のトイレの水を抜かなくてはならない。今回は給水ポンプとブラシを操る人間を集めるのに苦労しなかった。悪ふざけのにおいに従業員たちは興奮している。

まあいいさ、トイレはスタジオじゃないし便座はマイクとは程遠い。ここには、放送中かどうかを示す赤や緑のランプもない。でも、準備は整った。二十時ちょうどだ。入居者の男性女性、秘密に加わっている隣人たち、介護助手、介護士たち、ジョスランは今することはないがこの見物を逃すつもりはない、全員揃っている。聴衆は三十人に達する。ぼくは大きく息を吸って始める。

「ラジオ・ブルーエ！　ラジオ・ブルーエ！　こちら地獄！」

沈黙。言葉が管を伝わる時間。二秒。反応が即座に返る。一階から四階まで笑いが爆発し、万雷の拍手が続いた。その声の中にディアリカの楽しそうな笑い声がある。ネットワークは最高だ。通信量は最高潮だ。静けさが戻り、優しく響きのある声で、前置き無しにぼくは朗読を始める。

「聴取者の皆さん、ただ今お聞きいただいたのはフランソワーズ・レイの『紙の女』から、抜粋でした。楽しい週末をお祈りするとともに、明日夜二十時の再会をお約束して終わります。ラジオ・ブルーエ！　ラジオ・ブルーエ！　こちらじーごーくぅー！」

拍手。いいぞの声。野次。眠ったばかりの大勢の住人が目を覚まし、パジャマやナイトガウン、下着姿で廊下でうろたえ、心配する。

「何があったんだ？」

知っている人たちが安心させる。

「安心して寝なさい。グレゴワールの冗談だよ！」

ぼくは便座の蓋を閉める。ムッシュー・ピキエがぼくを褒める。

「最高だった！」

ディアリカがやって来た。顔を見たとたんにぼくの首に飛びつく。

「すごい、わたしのスター！　素敵だった！　聞いてて気持ちよかった」

そして少しずつ、聴覚が戻ったと安心した同僚たちがかわるがわるやって来る。

「ブラボー、グレゴワール！　参りました、ムッシュー・ピキエ！　とんでもない二人組ですね！」

熱狂が落ち着くと、本屋のじいさんはぼくを引き止めてあともう少し話を聞くように言う。

「どうしてこれほどうまくいったのか絶対に知っておいてほしいんだよ。段階の原理を覚えているか。『紙の女』のようなとっつきやすい作品から始めた。わたしが《裾野》と名付けているものだ、そして君は一段階ずつ聴衆と一緒に《頂上》を目指す。一段階上の聴き方を要求する作品へな。逆向きは絶対駄目だ、そんなことをすれば聴衆を失う。もしも、ルイ・アラゴンの『イレーヌのコン』だったらどうだ。ギヨーム・アポリネールの『一万一千本の鞭』。ベルナール・ノエルの『聖餐城』は……。感想はないか、それはかまわない。こうした作品のリストは長い、偽名で秘密に出版され、作者は裁かれ、本は禁止され、だが元の作品の力強さはかけらも失わずに長い年月を経てきた。すぐに君の聴衆も経験を積み、こうした本の朗読を要求する、その高みに行くことを要求するだろう。だが、彼らにとっては、君にとっても同じだが、何にでも適切な時というものがある。もう少しいくつか《裾野》を味わおう。明日の夜はアナイス・ニン、日曜の夜はチャールズ・ブコウスキーだ」

ぼくたちが力強く山登りしているだけじゃなく、聴衆は完全にぼくたちの期待を追い越している。集団的な熱狂が数時間続いたら、それ以上は秘密を保つのが難しい。二十四時間経つと、最初は当直だったひと握りの人間から、二倍、三倍と聴衆が増えた。友達の友達。実際は女性の従業員が多いので、むしろ、女友達の女友達。本屋のじいさんはぼくに目配せする。

「酢でハエを捕まえることはできない！」

もう彼を止めることはできない。

月曜の朝、事を嗅ぎつけた所長が事態を正常化する。ぼくたちは全員集会室に呼び集められる。マダム・マソンは形式張って始める。まず、ぼくたち、彼女の従業員に向かって、すべての信頼を寄せていると言い、その信頼は数人の子供じみた行動によって裏切られたと言う。ぼくたちはひそかに笑いながら上靴に視線を釘付けにする。

「この施設でこの週末に起きたことは容認できません！　ムッシュー・ピキエ、その秘密のラジオ放送というのはすぐに止めなくてはなりません。この施設が売春宿になるのは許せません！　グレゴワール、正しい朗読の仕事に戻りなさい、これは警告です、それができなければ出ていってもらいます、そうなったら予告はありませんからね」

　ぼくは苦笑いする。

　この騒ぎは街に広まった。ムッシュー・ピキエは、あの女は人生というものをわかっておらんと主張する。

「彼女はわかってない。ブルーエに生気をもたらしているのは何か？　ここでみんなが退屈したらわかるだろうよ。わたしたちのおかげで、一〇〇パーセントの稼働率が得られるんだ」

26

母さんは噂に打ちのめされた。

「グレゴワール、いやらしいものを読むなんてどうしちゃったの？」

「ママン、あれはいやらしいものじゃない。文学なんだ！」

この言葉がぼくの口から出るなんてすごく奇妙な気分だ。

「お客さんたちの話はそうじゃなかったよ。みんなショックを受けてた。本屋のじいさんの話をしていた。ムッシュー・ピキエだっけ？」

「うん。ムッシュー・ピキエだ」

「あんたの頭をおかしくしたのはその老いぼれの変人かい？　クビになりたいのかい？」

ブルーエで働いて一年半になる。母さんはようやくミシンから顔を上げる。ぼくを見て、まるで知らない人でも見たように驚く。あと数か月でぼくは二十歳になるのに、母さんはぼくをいつまでも三歳の子供のように思っているのだ。ぼくは自分から近づこうとする。

「ママン、心配しないで」

ぼくは母さんの肩に手を置くが、母さんの苛立ちがつのったのを感じる。

「大丈夫だよ！　ムッシュー・ピキエは変人じゃない。ぼくに仕事を教えてくれるんだ」

「なんの仕事？」

「朗読の仕事だよ！」

「あんたの言うことはぜんぜんわからない」

「もういいよ。ママン……」

母さんの機嫌をとりたかった、時間を少しぼくに向けてくれたらいいのに。

「ママン……」

何もできない。ぼくの気持ちをぜんぜんわかろうともしないで責めるような視線でぼくを見る。その視線に、息子が老人施設でエロ本を読んでいる長い一日のあいだに、どれだけ惨めな思いをさせられたのかが読み取れる。ぼくの弁護をしてくれる人はブルーエにしかいない。ムッシュー・ピキエ、母さんに、本を読んで生きていくことができるんだと説明してください。

「駄目だ、グレゴワール、説明しなくていい。本を一冊とって。そこにすわって本を読んであげなさい。涙を絞りとるような本を。そうして初めて、お母さんは自分の息子が誰の助けも借りずに成長したと受け入れることができるだろう。頭で行き詰まっているものは心を通さなくてはならない」

マルグリット・オードゥの『マリー＝クレールのアトリエ』。泣かせるはずだ。でなかったら頭の半分を明るい緑に染めてやる。

「ママン……」

「……」

「考えたんだけど……」

「今は駄目、グレゴワール」

「この本は気に入ると思うんだ」

「聞いて、グレゴワール、マダム・テロンがあと四十五分で来るの。それまでにできてなければ……」

「邪魔はしないよ。読むだけ。母さんは聴いてればいい。仕事をするなとは言わない」

ぼくの仕事は簡単じゃない。母さんがいつものように針をくわえながらもぐもぐ言うのを聞く。「コートが仕上がらなかったら、あのトルコ人が喜んで裾上げするわ。あの人はもっと安くお直しするし、わたしが助かっているのは小さな仕事のおかげなのよ。相手が大きな既製服会社ならいつも請求書以上の時間がかかるわ。男の子って面白いわね」

四十分後、ぼくは母さんとは違う奴隷の人生を書いた本の最初のほうを読み終わった。でも、母さんはこの本を気に入ったようだ。ドアのチャイムが鳴り母さんを地上に引き戻す。

「開けに行って」

知ってる、マダム・テロンは待たされるのが嫌いだ。威張るのが好きなんだ。ぼくがドアを開けると彼女は驚く。

「あら！　いたの？　クビになったんじゃないでしょうね？」

「いや、まだなってません」

「安心したわ」

偽善者め！　彼女は猟犬の群れよりも大声で騒ぐ。

「あなたのやった馬鹿げたことは町じゅうに広まってるわよ。あの話は、夫は面白がってますけどね。男だから。あなたのお母さんの立場になって考えると、お母さんは心配しているし、それも当然だと思いますよ。ちゃんとした仕事を考えなきゃなりませんよ、グレゴワール、本当の仕事をね。お母さんは苦労してるわ」

その大きな口を閉じてられないのか？　母さんはマダム・テロンに椅子を勧める。そしてコーヒーの砂糖は一つか二つかと尋ねる。ママン、大好きなママン、顔を上げてよ。マダム・テロンみたいなやつは追い払ってよ。ぼくは本を持って部屋に退散する。背を向けるか向けないかでこの下品な女は言葉を続ける。

「ハンサムな若者、マダム・ジェラン！　ハンサムな若者、女性にもてるわね。彼女のことは知っているの？」

あ、駄目だ！　やめて、マダム・テロン、それだけはやめて！　ディアリカには触れないで。ぼくは階段を三段降り、その言葉を遮る。

「マダム・テロン？」

「はい？」

「コートを取りにいらしたんじゃなかったですか？」

「……」

「ママン、マダム・テロンのコートは用意できてるの？」

「できてるわ、でもおまえどうしたの？」

母さんはさらにもごもご言う。

「母親同士で話してるの、おまえは口を出さなくていいから」

マダム・テロンはさらに意地悪になる。

「息子さん、怒りっぽいのね、マダム・ジェラン」

そして直接ぼくに話しかける。

「すごく綺麗な方ね、グレゴワール、あなたたちお似合いだと思うわ」

攻撃は最大の防御だ。

「そのとおりです、マダム・テロン。先日ムッシュー・テロンが施設にいらっしゃったときちょうどその話をしましたよ。アフリカ人というのは、本当にセックスが上手い！　そう思ってらっしゃるみたいでした」

「……」

「……」

母さんはカップをひっくり返す。小さなスプーンが床に落ちる。目を見開いて窒息しそうな声で言う。

「いったいなんなの、グレゴワール？」

ムッシュー・テロンが極右でそのモットー《外国人は出て行け！》を信奉していると知って

いれば、ぼくの冗談を喜ぶ人はいないだろうし、その妻ならなおさらだ。明らかに彼女の攻撃を鎮めることができた、彼女はタオルを投げる。威厳をもって、静かにカップをテーブルに置き、小さなハンカチではねた雫《しずく》を拭き取り、立ち上がり、スカートを引っ張って直し、母さんに尋ねる。

「コートのお代はおいくら?」

母さんはもう自分の名前さえわからない。口ごもりながら詫びを言う。

「今度でいいですよ、マダム・テロン」

そこでぼくは断固として割って入る。

「マダム・テロンは二度とここに来ないとわかってるだろ。代金はいくらか言って。それで貸し借りなしだ。この家にはもう来てほしくない」

事態はにわかに深刻になった。母さんは泣き崩れる。ぼくはマダム・テロンにコートを持って、お金を払って出ていくように言う。母さんのそばに戻り、できるだけ慰めようとする。

「ママン、稼ぎが少しでも減ったら、ぼくが助けるから。正規雇用になったんだ。第一級指導員。手当も車も住居補助もないけど」

母さんは疲れと恨みから泣いている。自分では膿《うみ》を出せずにいたできものがようやく破裂したのだ。あの口の悪い連中が一日じゅう素知らぬ顔で山ほどの悪口を言うのを何も言わずに耐えてきた。母さんは最後に《あのあばずれ》を追い出したのはよくやったと告白する。なんて言葉を使うんだ、母さん。

「ねえ、ママン、わかってる?」

母さんの舌が解けたお祝いにこめかみにキスする。

「一人去ったら十人来る」

すっかり元気を取り戻す。

「恋人の話なんか一度もしなかったじゃないか。話してくれてもいいのに、母親以外の皆が知ってるようじゃないか」

「きっと母さんは気に入るよ」

「そう思うよ。でも、名前を教えてよ」

「ディアリカ!」

「ディアリカ? 綺麗な名前だ!」

「セネガル人なんだ」

母さんは瞬きもしない。

「何をしてる人?」

「ブルーエで働いている。看護師だ」

「看護師! それはちゃんとした仕事だよ」

27

　ムッシュー・ピキエにはもうぼくを思うようにできない。ぼくは恋しているのをひけらかし、二十歳にありがちな生意気さと冷酷さをひけらかす。彼がそれに苛立っているのを知らずにいられるかって？　もちろんいられない、ぼくは彼が自分のためだけにぼくをそばに置きたがっているのを知っている。彼のグレゴワール、彼の朗読者。ディアリカが邪魔になっている。でも、ぼくが知らなかったこと、それは、今や彼が嫉妬していることで、ぼくはなんにも気づいていない。気づきたくないのだ。ディアリカが教えてくれる。

「一日じゅう一つの部屋でくっついていたら、一つの仕草、一つの言葉でバレるものよ。火をつけたら燃えるのは当たり前。目を覚ましなさい」

　これまでのところ、ぼくの子供っぽさが彼の慎みを守っていた。慎みは、彼が持ち続けたいと思っているときめきに負けそうになっている、そうだと思う。誇りという理由、道徳という理由、その両方の理由で、ぼくに触れずにぼくの若さと交わることは、タンタロスの苦行に変わってしまう。鍵ははずれるだろう。

　無意識の嫉妬、あるいは、死ぬ前にもう一度誘惑したい情熱、ぼくの両手を本の上に置く姿勢を直そうとする今日の執拗さがぼくの目を覚まさせる。技術的な動作の限界を超えないようにと自制する彼の優しさに気づく。視線が交差するとき、いまだかつてない激しさに気づく。ぼくの驚きは現実のものだ。その証拠に、ぼくは顔を赤くする。彼は瞼を閉じ、ぼくの両手に顔を近づけ、ぼくの肌の甘さを吸い込む、そして顔を上げてぼくの目を見る。気づかれたのを知りながら、彼は沈黙を選ぶ。ぼくは再び朗読を始める。そのとき、ぼくの声の響きは暴君の声となる、相手の苦しみを知りながら一秒たりともそれを和らげようとはしない。誘惑する、生きる、死ぬ。本屋のじいさんは第三段階に到達した。

28

運河での訓練に代わるものはない。ぼくは一人で行く。部屋から部屋へ、ホールへと本を読んで回る一日が終わった後、本屋のじいさんと朗読や本の選択の妥当性についての意見をやりとりした後の夕方、彼はようやく手綱を緩める、ぼくたちはどちらもそれを望んでいる。集中を要求するこの緊張、他人が耳を傾けること、人々の苦しみを前にした茫然自失、ぼくは、それを前にして生気に溢れている。罵倒。そして多数の疑問。ブルーエから離れるたびに、長い時間、死の天井を頭上に抱いていたことに疲れ果てているのに気づく。

水に近づいて最初にするのは息を吸い込むことだ。泥のにおい。原始的な。社会的文化的人間としての自分から逃れる。こうした言葉を振り払う。ぼくはもう一つの叫びだ。飛び込む。上半身は裸。水着。目にはゴーグル。

今は秋で、大気は穏やかで、裸の皮膚には冷たい、でも秋に泳ぐのは魔法のような喜びがある。光には果物の色、鳥たちは確実に出発のにおいを感じている。カケスが鳴く。いつも同じ鳥だ。快速列車のように規則正しく、運河沿いのトネリコからトネリコに飛び移る。枯れ葉の浮かぶ中をぼくは泳ぐ、アメンボが水をはじく足で水の上を滑っていくように流れる枯れ葉の上を滑っていく。ぼくの記憶はおぼろげになる、本屋のじいさんがぼくに浸透するとはどういうことか教えるために運河に投げ込んだバシュラールの本が崩壊しているのと同じように、崩れていってる。今泳いでいる水門のそばで拾った平らな石を思い出す。濡れた肩が沈んでいく夕日に光る。

時々、暗くなるまで泳ぐこともある。二つの水門のあいだの距離は三百メートルだ。二往復。一・二キロ。心を空にする。ただ月の光の下にいることが嬉しい。ぼくを待っているもののことを忘れる。

「ああ！　グレゴワール、若いんだな！　若さを楽しみなさい……人生は早く過ぎ去る」

馬鹿を言え。人生は長い。ぼくは二十歳だ。四十年働く。四十五年。腹が、喉が、すべてがロックされる。最後には彼らの立場になり、口いっぱいに後悔の苦い味。老人は助けを与えてくれた。朗読。それで？　ここ、水の中ではハンディキャップはない。腕の力で前に進める。自分が水を支えているのか水が自分を支えているのかもうわからなくなる、限界を疑うのはいいことだ。水に潜る。沈んでいく体、他に何もない。沈黙、あるいは怒ったサギだけ。

ある晩、いつもより緊張しきったぼくは、嵐が近づいているのにどうしても運河に行きたくなる。黒い雲を背景にポプラの黄色い葉が黄金のかけらのように光る。すべてが震えている。すべてがざわついている。音のない砲撃が地平を浮かび上がらせる。稲妻がぼくの泳ぎに句読点を打つ。木の葉と水を乗せた最初の突風が襲いかかり、横殴りに、曳船道と平行に、運河と平行に、ぼくの体を中心に押さえつけ溺れさせようとする。そのとき空が崩れ落ちる。

轟音を立てる雨。恐ろしい。垂直だ。ぼくは二つの水の間にいることを楽しむ。一つは冷たく、ずっと上からやって来る。もう一つは生温く、千の針を受け止め、その痛みをぼくの百八十センチの肌も一緒に受け止める。人々が決して年老いないとしたらとぼくは想像する。尿の臭いのするおむつ、肌をただれさせる大便、肉体の萎縮、穴という穴から液体が漏れる。そんなものをすべて拒否して、ぼくは仰向けに浮かぶ。腕を広げ、落ちてくる雨に口を開ける、睡蓮のスカーフの中に浮かぶ。マダム・ジルーの記憶がぼくに取り憑いて離れない。

29

水門のあいだの水路は王国で、ぼくは一人で気持ちを整理する。孤立し、何も聞こえない。ぼくの息だけ。どぶん、ぼちゃん。どっちでもいいけど、その日、頭のすぐそばに何か落ちる。誰か石を投げつけている！

ぼくは立ち上がる。曳船道に人影がある。ゴーグルをはずすとよく見える。二人だ。ダニくずともう一人は高校で知っていた男だ。ビールの缶を片手にのんびりと、近づいて、また小石を投げる。反射的に反対側の岸に近づくが、そっち側からは岸に登れない。河岸を侵食から守るために鉄のパネルが地中深く差し込まれ逃げ道を塞いでいる。やつらはずる賢い。それを知っていたのだ。

二人はぼくと並ぶ場所で立ち止まり、ニヤリと笑う。捕食者が獲物を追い詰めたときの笑いだ。ダニー、粗野な声、ザラザラした肌のダニーははしゃぐ。彼は仲間に話しかける。

「ジェランの息子、覚えてるか、おまえと同じ年にバカロレアを落とした赤毛だよ。あの天使の顔。本屋の年寄りのホモに後押ししてもらって。もう何もしてない、ムッシューは本を読むんだとよ。偉そうにして。見てみろ。トレーニングしてる！」

缶を口元に持っていき、顔をのけぞらせて最後の一滴まで飲み干す。満足して袖で唇をぬぐい、雄牛のような力で缶を握り潰し、丸めて金属の球にしてぼくの顔めがけて投げる。面白がっている。

「咥えるのはおまえか、それともあっちか？」

背が立たない。水の中に潜る。逃げようとする。溺れそうになる。二人はのんびりとついてくる。二メートル上から見下ろしている。罵り声に合わせて小石を投げつける。

「おーい、おかま、おまえに話してるんだぞ！」

二人のうちどっちが大きいほうの石を投げているのか見えない。何か思いつくたびに声が大きくなる。

「パーキンソンはあれをこするのに最高だな！」

ダニーは大きな石を振り上げる。すべてが素早く進む、葦の中に飛び込む。水を飲む。嫌な味。ぼくは咳き込む。二人は大喜びする。

「飲み込め、おかま野郎」

息が切れ、ぼうっとしながらぬかるみを歩く。ゴーグルを水に投げる。泥まみれになりながら、立ち上がろうとする。それを見て二人は大笑いする。ぼくはもう怖くない。

「もうひと言でも言ったら、ふっとばしてやる！」

そしてどうにか葦の茂みから出て、岸に上がる。泥や枯葉をボロボロ落としながら、怒ったぼくは考えもせずにダニーめがけて走る。ダニーに抱きついてそのまま運河に飛び込む。彼はなんとか叫ぶ時間があった。

「やめろよ、俺は泳げねえんだ！」

ダニくずはもう偉そうではない。水はやっと腹の辺りまでしか来ていないが、目を見開いている。ぼくにとって、運河は自分の領土だ。足の指先でも崖の場所がわかる。ジャコウネズミの通路だってみんな知っている。ダニーは泥の中に沈む。聞き取れない怯えた声で哀願する。

「馬鹿はやめろよ、くそ、上がるのを手伝ってくれ」

岸では、彼の仲間が泥と格闘するぼくたちをただ見ている。そして正気に戻って怒りだす。

「そいつを放せよ。ふざけてただけじゃないか！」

その言い訳は通らない。あんたはダニーの何を知ってる。ダニーはただふざけたりしない。彼はいつも、傷つけ、侮辱し、打ち負かすためにやるんだ。ぼくは爆発する。殴り、叫び、吠える。

「ぼくを放っておけ。手を出すな。ぼくは誰でも望む相手に本を読む。それで払ってもらう。黙れ！　黙れ！」

ダニーは腕をバタバタする。身を守ろうとしている。慌てて、黒い水の中に倒れる。仲間はどうしようもない。力の限り叫ぶ。

「ジェラン、やめろ！」

こんなふうに名前を呼ばれたことはない。電撃のようなショック。ぼくはやめる。彼を見る。ダニーが泥の中に四つん這いになっている。ぼくは収支を計算する。ぼくはゴーグルをなくしたが、ダニーはもう同じことをしそうにない。ぼくは運河に飛び込む。体を震わせ、次に、泥の航跡を曳いて泳ぎ始める。

30

モーリス・ジュヌヴォワの『一四年の人々』。朗読の第十七回。若い作家だったジュヌヴォワが第一次世界大戦当時の出来事を毎日詳細に綴った日記だ。ムッシュー・ピキエは率直にこう打ち明ける。

「この時期の歴史にはいつもひきつけられる」

ぼくは恐怖を読み取る。どんな先生も教えてくれなかった戦争を発見する。

よくあるように、朗読の最中に予告なしに遮り、唐突に指導を始め、次から次へと質問しだす。

「なあ、グレゴワール、誰か英雄になり代われるとしたら誰になりたい？」

長い沈黙、そして突然なんの関係もなく、落雷のようにぼくは答える。

「木になりたい」

その答えに自分でも驚く。さらに、それは老人をも驚かす、というのも、ジュヌヴォワの本は勇敢さについて語っているが、木とはなんの関係もないからだ。

「木？　説明してくれ」

「ただ口から出ただけです」

「いやいやいや！　よく考えなさい、偶然に出てくることはない」

そう、たしかにそうだ、たまたま口に出たりはしない。だからその答えを説明するのにどう言えばいいか考える、でも口を開いたとき、何か他のものがぼくの代わりにしゃべっているような気がする。不思議な印象だ。ぼくは聞いているだけというような。

「ぼくは木が好きで木に対して漠然とした賛嘆と尊敬の念を抱いています。これが最初に浮かんだ言葉です。もし木の一本になるのだとしたら、運河の下の沼地、ぼくがトレーニングしている水門の近くにある沼地の真ん中に立っているあの古い柳の木がいいです」

ぼくはよく考える。イメージを浮かべる時間を置く。ぼくの心の中でははっきり見える。今いる部屋の現在に向けられているのは虚《うつ》ろな目。これまでになく考えながらぼくは話を続ける。

「あの木は独特です。わかります？　ぼくにとってあれは自分を重ねることのできるヒーローなんです。あの木は一人ぼっちだ。取り囲む沼地は広大だ。その根は泥炭の中に深くもぐり込み、枝は銀色の傘のように広がっている。夏には、その木蔭で牛たちが休む。あれはヒーローで、保護するものです」

「そうだな」

「あの木は上から下まで裂け目が入っています、実際、外に向かって開いている。ほら、ジュヌヴォワの本みたいに」

ぼくは書見台に置かれている『一四年の人々』を指す。ポケット版。大きくて分厚い。

「落雷だなと思うだけだが」

「いいえ、そうは思いません。虫の長い時間をかけた仕事だと思います。小さな毛虫とか、他の食物繊維を食べる虫。腐った芯は赤く、他の部分は白く、どちらの部分もほぼ完璧なシンメトリーを保ったまま地面に向かいます。二つの枝が地面に押しつけられ、そこから出た根っこが地面を掘り返すバクの鼻のようになっています。木は吸い取ります。汲み上げます。どう言ってもいいけど。木であるというのはそういうことです。ムッシュー・ピキエ。その戦いなんです。残虐な戦いとは違う。人間の戦いとは違う。《裾野》やこの本で読んでいるそうしたおぞましい戦いとは違う。この木を前にすると、笑わないでください、あなたが使った言葉です、この木を前にすると、ぼくたちは戯け者です」

彼は驚いてぼくを見る。目を丸くして。苦労して上半身を起こし、右手の人差し指をぼくに突きつける。腕も手も、口も震えている。彼は反論する。

「黙れ、グレゴワール。絶望することは許さない。君は若すぎる」

立て続けに咳が出て体が揺れる。息を詰まらせる。ぼくは強情をはる。

「そんな、絶望なんかじゃありませんよ、ムッシュー・ピキエ！　別のものへの愛なんです……」

「別のものへの愛？　説明が必要だな」

ぼくは彼に勝たせないためならどんなことでも言ってやるつもりだ、本屋のじいさんの教育のおかげだ。だが、ディアリカがぼくたちを遮る。

「あらあら！　お二人とも。何があったの？　戦争？　駐車場まで聞こえるわよ」

ディアリカ。注射の時間だ。その陽気な登場のおかげでぼくはブルーエに引き戻される。ムッシュー・ピキエは痰を吐き出す。ぼくはティッシュの箱を渡す。

「なんでこんなことになったの？」とディアリカは訊く。

ムッシュー・ピキエは書見台のジュヌヴォワの本を顎で示す。咳が止まらなくなる。ディアリカは本を閉じて表紙を読む。

「心配ですよ、ムッシュー・ピキエ、本を読む他にすることはないんですか？　とにかく、横になってくださいさい。さあ、おとなしくして、ズボンを少し下ろして、お尻をこっちにちょうだい」

「やらんよ、貸すだけだ」

「お好きなように。でも、ほんとにしてほしいのは咳を止めることなんですけどね、咳は疲れるから」ディアリカが儀式に込める丁寧さが沈黙をさらに増し、ぼくは黙り込む。ぼくはするべきことがわからず、二人をそっとしておくために部屋を出ようとする。

「駄目だグレゴワール、お願いだ、もう少しいてくれ」と老人が頼む。

ベッドに横になり、ズボンを必要なだけずり下げ、片手を枕、片手を肘掛け椅子の腕において、窓側に顔を向け、全力で咳の発作を抑えている。ムッシュー・ピキエは長いつぶやきに取りかかる。

「目を閉じて父が木を植えるのを聞いていたから、一日だけでも目を開けていたらあらゆる森に旅することができるだろう……」

ディアリカは控えめにしていたが、彼女の動きに伴って起きる小さな音が老人のつぶやきに句読点を打つ。

「……そうだとしても、轍《わだち》で捻《ひね》った足では、それは無理だと言わねばならない。文を書きたいというわたしの頑な望みに、父は、経験は人間的だと答えていた。そして霧が払われるように、押し寄せた水に流されるように、突然わたしの根が向かう説明のつかない欲求をわたしは理解した。水がわたしの手を取るとき、真実の導き手を欲していたように思える。というのもわたしの手は、書くことができる前に、水がいつもわたしたちを運ぶところに導いていたからだ。枝先の葉叢《はむら》が音を立てて呼ぶその場所に。鳥の問いかけへのとこしえの返答、その問いが今でも柔らかな唇を持っていることがあるのだとすれば、今日からは、粗野な耳でわたしは聞きたい、水の流れの黙示録を。口と小川と葉叢に覆われた叫びとが三月あるいは四月の嵐を生み出したばかりのその巣の奥で、小さな匙でわたしは掬《すく》う。すべてが落葉し、それははるか昔に斧の時代は終わったことの徴《しるし》だ。丸鋸《まるのこ》を持った人々が来るのを聞く。森番の汗とわたしたちの汗を一滴一滴混ぜ合わせた雨が降る場所では、苔が銘文となってすべての椅子を覆う」

ムッシュー・ピキエは目を閉じる。ディアリカが綿で尻をポンポンと叩く。詩は終わった。もう少し続けてくれたらと思う。

「終わりました、ムッシュー・ピキエ！　それは誰の？」

「詩？　わたしのだ。六十年前にわたしが書いた。わたしは田舎に住んでいた。父は木を愛していた。グレゴワールが、木は彼のヒーローだと言ったとき、すぐにこの詩を思い出した。記憶というのは面白いものだな」

ディアリカがぼくを見る。

「あなたのヒーロー、それが木なの！」

ぼくは何も言わない。黙っている。ディアリカは仕事に戻るだろう。

「発表したの？」と彼女は訊く。

「いや、一度も」

「発表するって素晴らしい計画じゃないですか、ムッシュー・ピキエ！」

本屋のじいさんは微笑む。

「あんたはかわいいな。真面目な話、ここに入ってる誰かで計画を持ってる者を見たことあるかい？」

「それですよ、変えればいいじゃないですか。あなたのやり方で木になるんです。彼のヒーローになってください」

彼女はぼくを指差す。彼女の爽やかさに腹も立てられず、ぼくは和平を結ぶ気になる。本屋のじいさんとは問題がないはずだ、自分自身とは、どうなるかまだわからない。彼女は道具をかき集め、ムッシュー・ピキエを見つめながら部屋を出ていく。

「お二人とも、あてにしてますからね！」

31

厚紙のフォルダーは黄色だった。レモンイエロー。折り返しのついたフォルダーで、ゴムバンドが右下から上部にかけてある。中には手書きの原稿がひと束入っている。小さな正方形の紙に青いインクで大文字で記されている。時間が毎年黄ばみを積み重ねた宝だ。ムッシュー・ピキエはまだためらっている。

「君の願いを聞き入れるが、条件が一つだけある。この原稿はここから外に出してはならない。ここで読みなさい。これから遠くに離れるのは耐え難い」

「コピーを取るためでも駄目ですか？」

「駄目だ。悪いが」

フォルダーには『喧騒からの聖域』と書いてある。

「タイトル？」

「よく見れば、筆跡が違うのがわかる。タイトルをつけたのは分類した後だ。二度と開けられないことを希望しながらパンドラの箱を閉めるようなものだ。わたしの二十代が詰め込まれているよ。若いときに心をよぎるすべての怒りが、そして自分で選んだ生き方によってほとんどが色あせてしまった武器のひと揃いが。ときどき、万聖節の墓参りのように年に一度取り出して、苦悩とはどんなものかを思い出すんだ。この黄色いフォルダーは墓だ、グレゴワール。わたしは『聖域』と書いたが、それはもっと……」

「詩的？」

「そう、そのほうがいいな。ここにある詩は書いているときにわたしを幸せにしてくれた。わたしが求めていたのはそれだけだ。本当にそれを読ませるつもりはなかった」

ぼくはそれを読んだ。繰り返してもう一度読む。一つの詩が気に入ると、それを書き写す。彼は同意した。それに、ぼくは大きな声で読んでみる。いくつかは非常に身体的なものだ。

「足を上げろ、だがかかとだけを持ち上げるんだ。行の半分のところまで持ち上げておく。腕がそれに続く。下げる、上げる。言葉のリズムに捉えられるにまかせる。すぐにわかる、催眠状態だ」

ベッドと窓のあいだに立つと動く余地がほとんどないが、今まで試したことのない自分の体と文章の相互影響を試してみたくて気が急く。

「高い崖から覗く恐ろしい空間に／砂漠から砂漠へとそれぞれを養いながら／風の作る驚異の光景をロバの背で見て／隊商は到着する／行き着くことなく／行き着くことなく／アモンのオアシスに行き着くことなく／カラスの叫びに体が引き裂かれるまで帰らない……」

「両手を銃のように体の前に突き出して舌打ちする。十二回。六音節ごとに。六かける二と最後で十八回」

ぼくはやってみる。本屋のじいさんが言うように、舌打ちをして続ける。

「太陽には出口がなく／広大な回廊に隠れることもできず／ストーブで自殺する人々は大地に火をつけ／鞍から降りる者であることは／放火魔の季節のように／行き着くことなく／行き着くことなく／アモンのオアシスに行き着くことなく／カラスの叫びに体が引き裂かれるまで帰らない……」

「舌打ちだ。十二回」

「新たに燃え上がる炎とアッパーカット／絨毯に言葉の火花が落ちるように／どれほどの数のネズミどもが 膕《ひかがみ》 を愚かに切ることか／友情のこもる至高のアヌスを救いたまえ／火を消す者の居場所も知らずにマッチに火がつけられる……」

「強く断ち切れ。自分に集中して、沈黙が残りをやってくれるのを待つんだ」

息が切れ、でも喜びでいっぱいになる。

「すごい！　頭が逆さまになったようです」

「もうわかっただろう、何週間も前から、言葉に自分を込めろと言っていたのがどういうことか。膝、肘、体のすべてを。それがわかれば、すべてを読むことができる。これからは、死の謎を正確に説明してくれと頼むんじゃないぞ。わたしは知らない。わたしが知っているのは、この馬鹿騒ぎがこの部屋から出ないということだ。グレゴワール、わたしを見なさい！　わかったな？」

ぼくはうなずいて大丈夫だと請け合う。彼の承諾がなければ何もこの部屋から出ていかない。

「死ぬのもそう遠くない」

「……」

「火葬にしてほしいと頼んだ。そしてできるなら、わたしの本と文書も一緒に」

文書というのは彼の詩を指すのに使っている言葉だ。

「聞いたことがあるか、誇大妄想の皇帝で、死ぬときに、埋葬、火葬、どちらでもいいが、身近な衛兵、妻、軍隊を一緒に葬ってくれと言った人たちがいるという」

「……」

彼は微笑む。自分をからかっているのだ。

「安心してくれ。わたしの栄光のために誰かに死んでくれとは言わない。そのかわり、これは全部焼いてほしい」

彼は四方の本棚をぐるっと指し示す。

「わたしの本と文書はわたしの衛兵であり、妻であり兵隊なんだ。そして焼かれることによってその灰はわたしの灰と混じり、一本の木を育てる肥料となるかもしれない。パルプの工場に撒いてくれと言ったらあつかましいかな。妄想だ、グレゴワール。ああ！　ああ！　モルヒネ万歳！　わたしの妄想も頂点に達したよ。わたしがそうして溶け込んだ紙から作られる何冊もの本。ショーの終わりを決められるのだとしたら、その権利を奪われるのは残念なことだな。これは、このような施設の門をくぐった後で抱くことのできる唯一の計画だ。この牢獄に来ざるを得なくなる前に、自分の家で終わらせるだけの勇気をどうして持てなかったのか。どう思う、怖かったんだよ。今は、覚悟ができている」

32

毎日毎日、彼は自分の死について話をする。彼の計画は差し迫っている。彼は自分の命が、干上がっていく水たまりのように遠ざかっていくのを見つめている。彼は尊厳を保って消えていきたいと思っている。ブルーエでは真剣に受け止めようとする者は誰もいない、みんな、彼の言葉はいつものことだと思っているようだ。たしかに彼のホラ吹きの側面はジェレミーたち医療チームの警戒心を眠らせていた。ぼくはと言えば、経験もないし、なんといっても医学的なことに関しては発言権がない、ただ、彼がぼくたちに投げかけている兆候はわかっている。彼はもう食べない。今朝は、ぼくが身支度させようとするのを断わる。彼は言う。

「なんのために?」

彼は穏やかだ。ぼくは単刀直入に尋ねる。

「ムッシュー・ピキエ、あなたを助けるために、ぼくに何ができますか?」

答える前に、急流にかかる橋を踏んで試すみたいに、彼はぼくを見る。

「グレゴワール、わたしがやってほしいことを本当に聞きたいか?」

でも、なんでまたぼくはこんな質問をする気になったのだろう? 開けてはいけない扉を開けてしまったのではないかと心配になる。唾を飲み込む、喉が詰まる、頭の中に最悪のシナリオを描く。

こんなやつ。彼は手を広げる。彼がこの世を去るのを助ける薬の説明書を差し出す。「調べてみたんだ。確実に効くためには四十五錠必要だ。隣人たちの薬入れからこっそりかき集めてきてくれ。十何錠も飲むんだ、一錠少なくなっても誰が気づく?」ぼくは遮る。「ムッシュー・ピキエ! そんなこと頼むんじゃありません」ぼくはその理由をあげる。ぼくの若さ。彼の死を手伝った罪悪感が一生消えないだろうこと。そして会議で詰め込まれてきた、問題にうまく対処するための決まり文句のあれこれ。そういう知識は完璧に習った。それなのに、口からは何も出てこない。

「なんにも言わないのかい?」

ぼくが黙っているから彼は言い終える。

「少しのあいだブルーエを離れてほしいんだ」

ああ、予想とは大違い! 驚きだ。

「今なんと?」

彼は繰り返す。

「少しの間ブルーエを離れてほしい……」

じゃあ聞き間違いじゃなかったんだ。最後まで聞くとさらに信じられない気持ちになる。

「歩くために。わたしのために歩いてほしい」

ぼくは目を覚ます。

「どこに行くの？」

彼は驚かせないように気を使っているが、ぼくはとっくに驚いている。

「なあ、グレゴワール、後悔を抱いて死ぬというのはいい気分のものではない。棺桶の中で場所を取るんだ、後悔というのは」

「どんな後悔ですか？」

「わたしはゲイだ。男が好きだ。セックスにおけるその傾向は、それ以外のことについては同じではない、そうしたものだ。わたしは男が好きだが、おかしいと思われるかもしれないが、心の底から女性も好きだ。そんな気持ちでどうやって生きられる？　とくに、どうやって死ねばいい？　今の状態で、これが時宜《じぎ》を得ているとは思わないが、しかたがない、やってみよう。わたしは、君の助けを借りて永遠の女性に敬意を表したいんだよ」

「……」

「このあたりに修道院がある。フォントヴロー修道院だ。知ってるか？」

「いいえ、知りません。遠いんですか？」

「二百キロちょっとだ。二百五十キロ、だと思う」

「本当に？　ぼくにそこまで歩いて行ってほしいと？」

「そうだ、できれば」

「どのくらいかかるでしょう？」

「君くらい元気なら、十日以上はかからないだろう」

「ぼくはどこで眠るんですか？」

「おお、グレゴワール、何も大冒険をしてくれと頼んでるわけじゃない、砂漠の真ん中じゃないんだから！」

「わかりました。限界に挑戦します。でも、どんな価値があるんですか？」

「わたしにはわたしの理屈がある。泳ぐのは好きか？」

「もちろん、大好きです！　でも、泳ぐにしろ歩くにしろ、本当に、それになんの価値があるんですか？」

「心配するな、泳いでいけとは言っていない。ただ、説明したいだけだ。君は泳ぐのが好きだ。わたしは歩くのが好きだ、というか、好きだった。歩くか泳ぐかは関係ない、体が空間を移動する距離はそのために必要な時間を目に見えるものにする。この考えがわたしの頭を離れない、動けなくなった今日《こんにち》でもそうだ。君に代理を頼むことで、わたしの最後の時間は、君の一歩一歩で満たされるだろう。人間であるということは動くことだ。周りを見なさい。いや、ここ、ブルーエでではなく。あっちで、外で！　人生で。本当の。踊る！　泳ぐ！　飛び跳ねる！　歩く！　動く！　君が計画を受け入れてくれるなら、君が動いていると知ることが、わたしに死に譲るための力を与えてくれるだろう」

話はこれで終わったようだ。ぼくはいったん頭に収め、吐き出す。

「もし、ちゃんとわかったのだとしたら、ムッシュー・ピキエ、ぼくはあなたのために歩き、あなたは想像で歩くんですね、必要とあらばショートメッセージで連絡が取れる……」

「そうだ、そうだよ、ショートメッセージを送ってくれ！」

「……本当にぼくたちを残して行ってしまうんですね、そしてぼくには死ぬ気で走れと！　まったく面白いですよ。それでそこに行ったらどうなるんです？……」

「どこに？」

「修道院ですよ！」

「フォントヴローの？」

「そう！」

「ああ、それか、君、素晴らしい体験をするよ！　少なくとも、わたしはそう願っている。大修道院の教会を見つけたら、そこに彼女はいる、君は抵抗できない。それは君の胸を締めつける。君は息を吸う。息を吸う。精神が広がっていく。言っておくが、初めて行ったときの印象は電撃的だった。外と中の印象、それが絶えず入れ替わる。熱さと冷たさの対話、森の真ん中に立っている石の碑文のように。わかるか？」

ぼくは何も言わない。

「熱気球だ、グレゴワール！　まったくの偶然から空に逃げ出した熱気球だ！」

彼はぼくが驚くのを期待している。

「たしかに……」

ぼくがそれ以上何を言えばいいというわけ？　彼が話を続けるにはそれで十分だった。

「わたしはすごく若かった、そこに行ったのは、二十世紀の大作家、ジャン・ジュネの言葉の上に、階段を、壁を、回廊を、中庭を置いてみるためだった。彼は一時牢獄に変えられた修道院について小説を書いた。扉が自分を閉じ込めている場所で精神が解放されるという考えは逆説的だと思わないか？　ジュネは魂の逃走を強く求めている人だと言わねばならない。わたしたち、ホモのインテリにとっては神話的な人物だ。血と汗と唾と精液で燃え上がるような彼の文章を崇め、できるならその崇拝の念をさらに高めるつもりでそこに行ったのだが、その代わりに、わたしは一人の女性に出会った」

本屋のじいさんは疲れたが、話し相手を観察して、この出会いというのがぼくの関心を取り戻したことを見て取る。

「そうだ、グレゴワール、一人の女性だ……美しい女性……アリエノール・ダキテーヌ！　衝撃だった。見ればわかるよ。巨大な石灰岩の柱によって十六メートルの高さに支えられた天蓋の下、身廊の中央に四人が横たわっている。床から天井へとステンドグラスがはめ込まれた壁が高みへ至り、石の上で君のたてるかすかな音だけが響く。中にあるのは沈黙と沈黙の響きだけだ。斜めに差し込む光が、横たわるヘンリー二世、アリエノール、獅子心王リチャード、イザベル・ダングレームの横臥像を優しく撫で、苛烈な彼らの生は、永遠の眠りにつくときに得たこの完璧な静寂を発散する石の中に留められ、何世紀にもわたたって眠り込んでいる。めまい。自分の目で見ずに信じられるだろうか、アリエノールは両手に開いた本を持っているんだ。そう、本だ、グレゴワール！　だが、物を言わぬ本だ。一行も書かれていない。何も」

ほらきた！　そんなことだろうと思っていた。王妃として、妻として、母として、策謀家として、自由な、あるいは自由奔放な女性として歴史家が飾り立てた彼女の人生のあれこれがある中で、本屋のじいさんは彼の目から見て価値のある唯一の象徴としてこの永眠の姿勢、両手に持った本だけを心に留めている。ムッシュー・ピキエは発見したことをぼくに詳しく語るのに疲れ果てる。

「歴史家たちは彼女が何を読んでいるかについていまだに議論している。時禱書なのか、宮廷風恋愛詩なのか。彼女の目についても意見が一致していない。開いていると言う者、閉じていると言う者。消え失せた絵も決着をつける役にはたたない。わたしは、両目の周りに瞼の縁取りがあるのを見たんだ。その縁取りは細かったが、彼女の目が開かれていると信じるのに十分なほどくっきりと彫られていた。だが、気をつけろ、彼女は読んでいない。不可能だ。瞳の角度は紙の上に落ちていない。今、紙と言った。わかっただろう。それに、彼女の顔はもっと傾いているはずだ。彼女の目は石の本を見てはいない。もっと上を見ている。何かを考えている。おそらく、王妃存命中の朗読者を見ているのかもしれない。というのも、彫像の制作者がこんな姿勢を表現したのは彼女の命令だったからだ。将来、彼女がどれほど文学を愛したかを示すために。最初に出会った宮廷風恋愛詩に夢中になるというような、冠をいただいた頭から出た気まぐれではなく、書き留めようとした人の口から溢れ出た精神の美しさ、優美さをどれほど愛したかを示すために。この女性は、自分の知的な力の象徴として本を付属品に選んだ最初の人間だ。彼女は、傀儡《かいらい》の配偶者を始め当時王となった男たちすべてが身につけた王杖よりも本が優れていると判断した。この女性は天才だ。死後のコミュニケーションを予見している。わたしはと言えば、彼女が何を読んでいるか、あるいは読んでいないかなどどうでもいい。わたしにとって重要なのは彼女の大胆さを褒め称えることだ。わたしは本屋だ、完璧なものなどない。グレゴワール、わたしの願いを聞き入れてくれ」

「……」

「これが最後だ。彼女のそばまで自分で行けたらどれほど嬉しいか、彼女に本を読んでやってくれ」

「……」

「わたしにとって重要なのはそのこと、彼女の大胆さを褒め称えることだからだ」

「……」

「聞いてるのか？」

「もちろん聞いています、ムッシュー・ピキエ！　でも、頼まれる内容がどんどんできそうもないことになってますよ。マダム・モレルに本を読むのだって時間がかかったんです。今はもうわかりました。もう一度同じことをやれと言うならやりますけど、彫像に読み聞かせ！　ぼくが病院に閉じ込められたらいいと思ってるんですか？　どんなふうだかわかります？　思うに、警備の人や監視カメラのある場所です。その光景が見えませんか？　受付で、警備員がうつらうつらしていて、突然目を覚まし、ぼくが寝ているアリエノールに本を読んで聞かせているのを見る。馬鹿げてます！」

「行けばわかるが、そこにカメラはない。それに朗読は夜にやるんだ、修道院は隣にある豪華ホテルの客にはひと晩じゅう開かれている。君の部屋は予約しておく。帰ったらベッドの具合はどうだったか聞かせてくれ。朝の三時から五時まで、大修道院には人けがない。彼女の他には君だけだ、いや、他に三人いるが」

「何を読めばいいですか？」

彼は咳払いする。気詰まりのようだ。

「この本がいいかと思ったんだが」

彼はもう一度咳払いすると枕元のテーブルに手を伸ばす。そこには色あせた一九四六年マルク・バルブザ出版の《ラルバレート》版、ジャン・ジュネ『薔薇の奇跡』が置かれていた。ぼくはすぐに手に取って重さを見て、裏返して編集者の言葉を読む。その一連の動作は、彼の目にはこのような作品に対する無神経さに映ったようだ。

「グレゴワール！　もっとデリカシーがあると思っていたよ」

「すみません、ムッシュー・ピキエ！　読んでみます。でも、合意はそのままですよね？　好きなものしかうまく読めないって、もし気に入らなければ……」

33

これはひどい、ぼくはこの本が好きじゃない。でも、本屋のじいさんにはどう言えばいいんだろう。ここで繰り広げられるジャンノとその友達の物語にはうんざりするって。何も得られない。彼はぼくを罵る。

「若すぎるんだ、読み方というものを知らない！　この作品は素晴らしい、フランス文学の最高峰だ」

「落ち着いてください、ムッシュー・ピキエ、話し合いましょう。ぼくがそれを朗読するとして、アリエノールとどう関係するのか教えてくれませんか」

「……」

無敵の老人が言葉に詰まる。

「作品の序列と聴衆の序列は、ムッシュー・ピキエ。どう読めばいいんですか？　誰に向かって？　ぼくは毎日あなたのその質問を自分に向けています。教えてくれたことをちゃんと身につけたんですよ。小説の中の行動が昔の僧院で起きたことを除けば、これでアリエノールをうるさがらせる必要はないと思います。この選択はあなたを喜ばせるだけじゃないですか、喜びは分かち合わなくては。『薔薇の奇跡』は《頂点》の一つですよね、ぼくは代わりに《裾野》の作品を提案します」

「……」

本屋のじいさんはひと言も発しない。ぼくの話を聞いている。内心では喜んでいる。

「ムッシュー・ピキエ、こうしましょう。ぼくはあなたのために三百キロ歩く。そのすべてを詳しくあなたに話す。そこに着いたら、ぼくは自分の読みたいものを読む」

「ああ、わかった、それでいい。ただ、君の選んだものを教えてもらえるかな？」彼は心配そうに尋ねる。

ぼくは優位に立ってる、それを利用する。ぼくが選んだ本を彼が無視するのをよく知っている。ぼくは彼に心配させておく、それから自信ありそうに言う。

「ジョージ・R・R・マーティンの『七王国の玉座』」

「……」

本屋のじいさんはピンとこないようだ。誰にでも得意分野はある。ぼくは地球を燃え上がらせているこのシリーズを文学の側面だけに限って紹介し、《裾野》は《裾野》の世界――厳密に言うとホラー、歴史的、現実的、幻想的、どうでもいいけど――にとどまるべきだと考えているので長広舌をそこに集中する。ぼくはアリエノールがマーティンの物語に耳を傾ける姿を見る。この物語の一部は彼女の死後三世紀経ったイギリスの歴史にヒントを得ている。彼女は夢中になるだろう。彼女の耳は本の合間にヴァリリアの国々に向けて震え、彼女自身のエルサレムへの苦難の道を思い出すだろう。

「アリエノールは気に入りますよ、ムッシュー・ピキエ！　信用してもらって大丈夫です。あなたの素晴らしい女性に女王様のように仕えますから。朗読の騎士、ぼくが責任を持ちます！『七王国の玉座』は彼女の気に入りますよ」

ぼくはふざけて膝をつき、頭を下げる。本屋のじいさんは参ったと言う。

「わかったよ、悪党め。帰ったら二十歳のお祝いをしよう」

ぼくたちは真剣な視線を交わしたが、さらに付け加えることはなく、大きなウィンクを交わす。

「木が切り倒されて空が見えると、わたしの知っていたヴォージュの木こりは、それを《丸太の公現祭》と呼んでいたな」

34

本屋のじいさんは誇大妄想狂だ、でも正義がもたらされんことを。ムッシュー・ピキエはぼくたちに夢を見させてくれる。戦闘準備。ディアリカ、ジェレミー、所長、介護助手、介護士、ブルーエはひっくり返る。もう秘密ではない、ムッシュー・ピキエはぼくたちを置いていってしまう。前もって用意された文書から、彼の意思ははっきりしている。入院はしない。救急車は呼ばない。今日言われる「無意味な延命治療」は行なわない。出来るだけ安らかに終わりを迎えさせてくれ、痛みや苦しみもなしで。たいていはそういうことは夜に起きる。残念なことに長引くこともある。

ぼくは休暇をとって出発することになる。マダム・マソンはわからずやではない。彼女は彼の考えを魅力的だと思い、ブルーエのみんなを元気づけるものだと思う。これはマダム・マソンの言葉だ。でも、旅の費用については……言葉にはされないし、公式ではないが、ムッシュー・ピキエがフォントヴロー行きに必要な十日間の経費を持つのは皆知っている。

彼はすべてを計画した。ぼくは朗読者という身分から、彼の歩行者、彼の筋肉と腱の代理人となる。

「君の歩みを一分ごとに知りたいんだ。大げさだな。わかってるだろ。わたしは君の行く道の地図をすべて持っている。どこを歩いているか、何を見ているか、何を感じているか、君の心の状態、君が最後に読んでくれるもの、人生、本当の人生を現場から直接知りたいんだよ」

儀式もなく、涙を浮かべたさよならもなく、本屋のじいさんの声は聞き取りにくいが、強い意志が感じられる。

「同志よ、信頼しているぞ、できるだけ早くアリエノールの消息を持ち帰ってくれ。わたしは動かないから」

35

今朝の八時十五分。歓送委員。ディアリカ。ぼくたちは二人だけで曳船道に出る小さな門にいる。彼女の助言を聞いている。ぼくからの助言もする。

「連絡を絶やさないで。必要なら電話して、戻ってくるから」

「彼がそれを望むとは思わない。彼がしてほしいのは、彼に残されていることをやっているあいだ、あなたが歩くことだと思う。それだけよ」

ぼくは、大きな菩提樹《ぼだいじゅ》の向こうにある本屋のじいさんの窓をチラッと見る。曇りガラスに貼った古い新聞の切り抜きがさらに陽の光を遮っている。彼からぼくのところまで、十一月の霧の中で、心の蜘蛛の糸が伸びている。ぼくはディアリカを強く抱きしめる。最後にもう一度唇を貪る。

「グレゴワール、戻らなくちゃ、寒いわ」

彼女の背中をこする、抱きしめる。彼女はぼくの胸に潜り込む。リュックの肩ベルトに頭を寄せ、小声でささやく。

「グレゴワール……」

「うん？」

「大好きよ。忘れないで！」

「ディアリ、何言ってるの？　さあ行って、ムッシュー・ピキエは君がぼくと一緒に出かけたんじゃないかと思っちゃうよ」

彼女は振り向き、ぼくを小さな門に残していくが、曳船道に一歩を踏み出したぼくが抱く奇妙な印象は、旅立つのは彼女のほうだというものだった。

36

自分の世界から外に出るのは初めてだ。運河と駅のあたり。母さんがせっせと働いて暮らしてきた家。中学校。高校。町の公園。ブルーエ・ホーム。言い換えれば、五、六キロ四方の圏内だ。赤ん坊が羊膜を突き破る。

「こんなことしてたら、しまいには浮浪者だよ！」

所長はぼくの外出許可証にサインした。最後の時間を小さな個室で過ごしている老人がすべてを支払っている。冷たいようだけれど、ぼくは踊る。恥ずかしいとも思わない。道は滑る。ぼくはへまをする。水に入るのは馬鹿だ。リュックの中身は、彼に繰り返し言われたように揃えてある。

「できるだけ軽くするんだ！　みんな荷物を持ちすぎる」

雨が落ちてきたときのためにゴミ袋に詰め込んだ着替えを持った。一キロの小さなテント。寝袋。ポンチョ。帽子。防寒着。水筒。食べ物を少し。ナイフ。ライター。スプーン。歯ブラシ。液体石鹸を少し。怪我の手当てをするためのいろいろ。スマートフォンにはライトとコンパスとGPSのアプリがある。

忘れてた！　いちばん重いもの。本だ。本屋のじいさんの彼女に読んであげる『七王国の玉座』。九百ページ。暗唱できるように、二冊目の本を持った。パブロ・ネルーダの『二十の愛の詩と一つの絶望の歌』。ネルーダはチリの詩人でムッシュー・ピキエが褒めなければ知らなかった。実は、歩きながら朗読しようと思ってそれを選んだ。たぶん、夜に電話でディアリカにも読むつもりだ。

ムッシュー・ピキエはメモを書け、ノートに書けとも助言した。逆らうつもりはないんだが、ぼくはスマートフォンに直接書くほうがいい。歩きながらぽちぽち書いて、好きなときにそれを送る、ディアリカが彼に転送する。

「文章を作ろうと苦労することはない」と彼は言って、電報みたいなノートの取り方を説明した。

何言ってるの？　記号のレベルまで短くするのなんて、ぼくたちは毎日やってるよ！

彼はしつこい。

「たった一語でイメージを、状況を、出会いを明示するには十分だ。帰ってきたときに、飾りをつけたいと思うことがあったら、その言葉が状況や雰囲気を思い出す助けになるだろう」

ぼくが『老人の国のタンタン』を執筆中だと思っているみたいだ。ぼくは心の中で面白がる。

「縮尺が一対一というのは存在しない。地図はその土地ではないし、ノートに書くことは旅ではない。もしも君が国土地理院の二万五千分の一シリーズから着想を得たとしても、わたしは二万五千の土地について紙に書かれた短い報告書がいい。報告書は象徴に、絵文字に、色に働く余地を与える。ここに泉があり、あそこに雑木林が、葡萄畑が、分譲地が、森がある。気をつけろ、登りがきつい、あるいは下り坂だ。人間がそれを望むんだ。わたしたちが現実を解釈しようとする欲求は非常に重要だ、書くためには欠かせない。たとえば君がネズミを見たとする。メモ帳に書く、『ネズミ』、それは君の手がかりだ。後になって、それを発展させるかもしれない。『運河の岸にネズミがいた。尻尾が濡れて光り、用事ありげにちょこまか走っている。わたしはそれを見た。向こうは無視している。すべてうまくいっている』その文章自体が、見られることなくすべてを見たいという君の欲求を表すことになる。一方で遠くを飛んでいるサギは、自分が主である地区を動いているものは何一つ見逃すまいとする税関職員のような鋭さで君を見ている。気づかれていないと思っているかもしれないが間違いだ、君は監視されている。君の存在は当然、誰が誰を食べるかという序列に従って懸念あるいは渇望を生み出す。怖がるな。ここはフランスだ。ベリー運河はまだオリノコ川の支流にはなっていない。それでも……。虫には気をつけろ、マダニは恐ろしいぞ」

うんざりしてくると話が入ってこなくなる。黙って聞いていれば、そのうちショートメッセージの送り方を教え始めるぞ。そんなら、彼がこの遠足を好きになるように格好つけてやる。

「ゼロキロメートル。おはよう友達。出発した。細い月が霧の上に高くかかってる。十一度。薬局の緑の十字。平和なカモ。空は真っ青。太陽は待ち伏せしてる。高い梢のコクマルガラスがわめく。プラタナスが露を滴らせる。岸。ネズミ。ムッシュー・ピキエ、それを発展させる予算はない。またね。大笑いの顔文字。G」

ディアリカが直接返事してくる。

「MPが横で拍手してる。気をつけてね。いっぱいのキスを。かわいい人。D」

これでやり方が決まった。数メートルのうちに、ぼくの体が実体のある境界を越えたみたいだ。中心がある。源泉がある。ぼくは彼女のために歩き、一歩ごとにぼくの体は見るもの、触るもの、聞くもの、吸い込むもの、味わうものを取り入れて大きくなる。言葉は、ぼくの経験を量る雨量計の漏斗なんだ。ムッシュー・ピキエは正しかった、ぼくはすべてをメモする。

街のざわめき／だんだん弱くなる／最新の換気装置／最初の釣り人／動かない／派手な色の浮き／オレンジ／サギの斥候《せっこう》／湿った地面／ねちゃねちゃ／昨夜の雨／秋は突き進んでいない／ぼくもそうだ／探せ／サギ／三十メートルまでぼくを我慢する／翼が翻《ひるがえ》る／飛び去る／叫び／ぼくに告げる／真西／アプリで確認／トンネル／緑地／ちりばめられている／金色／葉っぱ／レンズ豆／色／ピスタチオ／浮かんでいる／ビール瓶／缶／コカ・コーラ／ボール／大量のプラスティックと枯れ枝／体が温まる／体の中で歩いている

ムッシュー・ピキエが笑っているのが見える。

「もう自分の時間を数えるのではなく、ただ距離を数えなさい」

キロメートル／六／七／八／九／十／十一

三人目の釣り人。

「ここらでは何が釣れるんですか?」

「ああ、いろんなものだね。フライにする。カワカマス。パーチ。でも、まず釣らなくちゃな!」

最初の写真入りメッセージ。

「規則どおり場所を明記した食事の写真。日付、時間、場所。G。ハート三つの絵文字」

「ムッシュー・ピキエ、彼の食事の写真です。十一キロ歩いたの!」

ムッシュー・ピキエは苦労して枕元の台に手を伸ばす。眼鏡を探しているのだ。

「ディアリカ、悪いが、眼鏡が見つからない」

「あなたの鼻の上に載ってますよ、ムッシュー・ピキエ」

ディアリカは画面を老人に近づける。彼は何も見えないが、見えるふりをしようとする。

「自撮りを送れと言ってくれ」

「本気ですか?」

「本気に見えないか?」

「わたしは何も言ってませんよ!　じゃあこっちからも送りましょうか?」

彼はどうでもいいと手で合図する。写真を撮らせておく。ぼくは間抜けの顔を二つ受け取る。すぐに返信する。「ディア、お願いだ、自撮りはなしで、文章だけ、顔がひどすぎる。G」

短く切り上げる。足音とリュックのベルトが擦れる音のリズムに再び集中する。ある村の広場でベンチにすわる。奮発して熱々の野菜ラーメンを持ち帰りで食べ、また出発する。体が自分の仕事をしているのに耳を傾ける。一歩。また一歩。沈んでいく夕日に疲れを預ける。もう露営の場所を探す時間だ。

ぼくは高速道路がすぐそばにあることを気にもとめず、テントを運河の縁に立てる。とりあえず疲れきって、補給作業をさっさと片付け、もう暗くなったのでグズグズせずに寝袋に潜り込み、テントの幕を閉じる。最後のメッセージ。

「ぜんぜん照明のないテントで真っ黒な自撮り。G。ハート二十五個と顔文字」

ディアリカは怒る。送ってきた自撮りでは大きく舌を突き出している。いいよ、別に。寝袋の中でぼくは身をくねらせる。馬鹿だ、マットを持ってこなかった!

37

四時半に起きる。わざわざ「起きた」と言うまでもない。高速の地獄にもかかわらず頭のほうは休むことができたみたいだが、体は凍えている。ぼくはひと晩じゅう、侵食してくる湿った冷たさを食い止めようと戦っていた。冷たさは背中から尻を通って足の指先まで少しずつ染み渡る。テントと寝袋のあいだにリュックをはさんでみたり、横になって体を丸めたり。氷が張った側溝や、絶えずゴーゴーと音を立てるオイルヒーターで凄まじい暑さになった大部屋の夢を見た。夢の中では筋が通っているが、まったくありそうにない。結論。ぜんぜんあるいはほとんど眠れなかった。

テントの中は濡れている。入り口のジッパーを開ける。横たわっている場所から、テントが切り取る三角の星空を眺める。大きなポプラの枝が黒く広がっている。どうにかこうにかけんけんして抜け出す。靴を片方しか履いていなくて、濡れた草の上に裸足の足を置くのが嫌だからだ。ようやく両足に靴を履き、きちんと片付ける。あったかくて乾いた夜用の下着を脱ぎ、昨日の濡れた服を着る。気持ち悪いが、清潔な着替えを取っておくにはそうするしかない。それに一時間かかる。残っていたラーメンは冷たくてまずかったがそれを詰め込む。お腹いっぱいにして出発するためには必要だ。

第一歩。五時半。ぼくは高速道路に呪いの声をあげる。目覚めようとしているたくさんの命の音を消してしまうからだ。ランプの光の中で露がきらめく。そのうちランプを消して薄闇に戻り、対岸の木々が煤色の空をバックに大きな黒い炎のように盛り上がっている景色の素晴らしさを感じ取れるようになる。

一時間が過ぎる。二時間が過ぎる。大きな町のオレンジ色のぼうっとした明かりを見つけ、それから少しずつ、小屋が見え、百メートルごとに街灯が現われ、あちこちに自動換気装置の送風口がある。前方遠くで、運河を渡る橋の上を画面を横切る幽霊のようにバスが走っていく。駅の操車場に多数のコンテナが、小さく、光に押しつぶされて見える。貼り紙に覆われた長い塀の上を一つの影が滑っていく。ぼくは夜と昼の境目にいる。曳船道の上で鳥たちが目覚める。

十時頃、川辺で裸になる。お祭りだ。冷たい水の中で叫び、髪を洗い、血が脈打つのを感じる。ぼくの問題や、直近の過去が遠ざかり、溶けてゆく。

「ブルーエは？」

「悪夢だったんだ！」

「ムッシュー・ピキエは？」

「誰それ？」

「本屋のじいさんだよ！」

「ああ、そうか！」

「ディアリカは？」

「ディアリカ、会いたいよ！」

　数秒ためらってから、メッセージを送る。

「君の腹のような空の下で君を思って勃起した。G」

「グレゴワール、今どこ？　ニュースを送って。D」

「河の写真と詳細はGPSで。MPの調子は？　G」

「彼の心臓は普通。わたしのはあなたのため、最高！　D」

　少なくとも表現を和らげたこのやりとりはまったく非現実的に思える。もっとうまく表現するにはどうすればいいのか？　遠くにいるとはっきり見えない。

38

早朝、ヒノキの覆いから抜け出す。その下でぼくは数時間眠った。寝袋を長い銀色の跡が横切っている。カタツムリが通るのに気づかずに眠っていた。寒い。周りじゅう霧だ。村があるみたいだが、そこの生活は幻影にしか見えない。明けようとしない夜の中で何も動くものがない。ただ、街灯の電球がジージーといい、間もなく切れてしまいそうだ。商店は閉まっていて、驚いたことに、薬局のシャッターが閉まった窓の真ん前に、肉屋の移動販売車の眩《まばゆ》い蜃気楼《しんきろう》がある。肉屋は陳列台に最後の仕上げをしている。ぼくは千の火に照らされた宝石箱に近づく。震えながらよだれを垂らす。目の前にあるのは輪になったソーセージとレバーパテのテリーヌの上で光っているジュレ。

「すみません、リヨンを一つ」

「二・六六ユーロ」

ぼくは泥棒のようにその場を離れ、湯気と一緒に脂肪を飲み込む。

もう河はない。運河もない。消えてしまった。その代わりに国道と平行して鉄道が走っている。河川運送が行なわれていた時代があったことを唯一示すのは、荒れ果てた水門番人の家だ。

虫、割れた窓から吹き込む風に揺れるカーテン。

日が昇るのが遅い。ぼくはランプで照らしながら、家に入って写真を撮る。一階にはテーブル、筆をさした広口瓶、庭仕事の道具、ゆりかご、揺り木馬が詰め込まれている。ぼくは慎重に階段を上る。床に新聞や雑誌が落ちている。中断した夢を調査しているみたいだ。

一九八六年十二月五日金曜日の『ル・フィガロ』。一面は《モノリ教育相対学生、行き詰まり》、《大災害の十二の面》、《南アフリカ、ボタ大統領の釈明》

『ル・フィガロ・マダム』一九八六年十一月八日号。表紙はイザベル・アジャーニ。

写真入り「イザベル・アジャーニ、彼の好きな女優だ。G」

メッセージ「あー、やっぱり！　あなた死んでるかと思ったわよ。イザベル・アジャーニ、素晴らしいってMPが言ってる。D」

ぼくは虫に食われた床の臭いの中であらゆるガラクタを引っかき回す。崩れ落ちた棚、小さなネジと錆でくっついたナットが入った瓶、アスピリンと抗炎症剤の容器が数十個、いくつかは空だがいっぱいのもある。鳩の糞やネズミの糞の山、秋で紅葉したツタが窓を縁取り、そこから灰白色の太陽の光が十分の一秒ほどさしてくる。

歩き始めたとたんに、君はもう普通の生きた人間ではなくなる。空間と時間の中を移動するカーソルになる。そうとは気づかないうちに、最も純粋な現在を獲得する、過去は遠ざかっていく地平線の向こうにしかないからだ、未来は近づいてくる地平線の向こうにしかないからだ。精神と肉体の結びつきという錯覚の中にある絶対的な現在。もう止まることはできない。疲労が君を支配し、ひどい筋肉痛を覚悟すると宣言するのは喜びだ。

一日の終わりの穏やかさ、平野の上にある高い雲、巻雲、飛行機雲はわずかにバラ色がかって、地平線に見える黒い木の影、すぐ近くの村、もうすぐ幸せに疲れきって歩き終えるという期待で、君は大声で一人言を言い、歌い、ハミングし、野菜畑の真ん中に重い足を打ちつける。ネギ畑を、カンタロープメロンの畑を、腐ったスイカの畑を横切り、その上に日が沈む。キャベツ、スイスチャード、セロリ、フェンネル、レタスは夜に身を委ねる。太陽の最後の抵抗に力を取り戻した君の声は温室から出てきた農家の女性たちに挨拶する。彼女たちは腹の前にプラスティックの籠を抱え、その中には家に持ち帰る野菜が入っている。寂しさがつのり、君の声は言葉を探す。バラバラの言葉、『歩く……道……シャーマン』

整理する。ならべかえる。付け加える。畑の真ん中で口頭で文章作り。薄闇が勝利の叫びをあげる。文ができる。

『最後の一歩を助けるのはシャーマンの道だろうか?』

唱えてみる。一度、二度。決然として。数える。

『シャーマンの道だろうか……』八音節。

『……最後の一歩を助けるのは?』八音節。

八音節。置き時計。素晴らしい催眠術、筋肉に溜まった乳酸の痛みを溶かしてくれる。何を馬鹿なこと。君は星に語りかける。本屋のじいさんにタメ口で話す。

『おお、ピキエ、あんたに話してるんだ! あんたの最後の一歩を助けるのはぼくのシャーマンの道なのかい？』

繰り返す、十回。二十回。村はずれの家が見えて、黙らなければならなくなるまで。信じられないくらいラッキーだ。レストランが開いている。

その夜、見捨てられたガソリンスタンドの床に丸まって、水の取り方が十分じゃないなと思う。ぼくは自分の体の中に光を浴びる葉叢をつけた木の姿を描きながら一リットルの水を一気に飲む。寒くて眠れず、レストランで隣にいた男女のことを思い返す。小さな少年を連れていた。七歳の時のジャン・ジュネのようにハンサムで、頭を剃り、子供時代から抜け出したところ、父親と母親はテーブルの両側に対角線状にすわって他愛ないこと、とくに子供が昼に祖父母の家で食べた食事について話していた。ぼくは野菜サラダ、人参、スイスチャード、マッシュルームなんかが半リットルのドレッシングに浸かっているものを詰め込んでいた。

子供はぼくを見ずに立ち上がってテーブルを離れる。ぼくは彼に微笑みかける。左目と違う方向を見ている右目の隅で、彼の母親がぼくを見た。

「明日は焼き栗を食べるのよ」

ぼくに直接話しかけたのではないが、彼女の顔はわずかにこっちに向いていた。この控えめな誘いかけに、ぼくは話に加わる。

「瓶詰めのシードルと一緒に食べたら美味しいでしょうね」

「いいや！　ここらではガチョウと一緒に食べるんだよ」

これを言ったのは男性のほうだった、葡萄栽培者の三代目らしい生き生きした顔だ。ハンサムで、どっしりして、会話を楽しんでいる。

女性は、彼女のほうは病気で、太っている。四十歳だ。三十一歳で脳卒中になった。言葉を失い、足が動かなくなった。すっかり治ってはいない。糖尿病。ギランバレー症候群。彼女は彼女の小さな天使のために戦っている。夫は優しい光をたたえた目で彼女の話を聞いている。ぼくはたくさん質問したが、彼らはそのお返しにぼくが歩いている理由を知りたがった。ぼくは返事をためらう。部屋じゅうの人に聞かれないように、ぼくは声を低める。

「ぼくはある人のために歩いているんです、老人ホームで死にかけている老人のために」

男性は驚きの色をまったく見せず、

「わたしたちの家を訪ねてくれ」

妻はぎごちなく住所を書く。ぼくは仔牛の頭を食べ終える。彼らはアイスクリームを食べる。コロンビア人の女主人は彼らに食後酒を持ってくる。ベイリーズだけど、女性のほうにはストローをつけてきた。間違ったやり方。彼女は息を詰まらせ、咳き込み、吐き出し、シャツの胸に半分ほど吐き、立ち上がってできるだけ拭こうとする。カフェオレ色の大きな染みができる。夫は慣れていて、心配する様子もなく眺めている。母親の病気に慣れている子供も、驚きもせず、黙ってじっと見ている。ぼくがタイユドゲープのお茶を飲み終わるまでみんなで話す。彼女はぼくの話に深入りする。

「それで、彼が亡くなったら、今度は他の人のために歩くの？」

39

ブナとナラの林を横切る。素晴らしい林で、林のために老人へのオマージュとしてラブレーを朗読することを思いつく。

「ああ、木々よ！　『第四の書』からの抜粋だ。聴いてくれ！　『閣下、何も恐れることはありません。わたくしたちは凍った海の縁におります。その上ではこの冬の初め一つ眼巨人族と鷲獅子族の間で激しい大戦闘がありました。言葉は空気の中で凍り……』」

最高だ！　植物の聴衆は他の場所では見つけることのできない振動を声に与えてくれる。ぼくには意味のわからないラブレーの言葉にさえも鳥肌が立つ。まるで、同種のキノコが地下で互いに菌糸で結びついているように。

朗読はすべて聴き手を見つけなくてはならない、これはぼくの先生の言葉だ。発見に興奮して、ぼくは指を動かす。

「ディアリカ、MPに伝えて。朗読はすべて場所を見つけなくてはならない。『第四の書』は森の中だ、崇高な気分！　G」

「MPはすごく疲れてるけど、あなたの発見に喜んでる。強くキスするわ、かわいい人。D」

ぼくは有頂天になって足を止めその場で回る。四方に向かって言葉を出し、声を出し、しゃべる。と、突然、森は射撃場に変身する。二十メートル離れたところにある低い枝の茂みに小さな鉛の弾が集中してパチパチと音を立てる。冷たいシャワー。ぼくはすべてをやめて物陰に隠れる。どこから撃ってきているのかわからない。風と反響のせいで、四方から撃たれているように感じる。

「おーい、皆さん！　人がいますよ！　撃たないで！」

信じられない！　こんなふうに射撃して何を獲ろうとしているんだろう？　それとも、獲物がいないもんだから代わりに馬鹿者をやっつけようとでもいうのかも。発砲音が近づき、それと一緒に犬の吠え声とラッパの音がする。本当に獲物になりそうだ。

「おーい！　おーい！　ここに人がいるぞ！　降参だ！」

突然、ぼくが伏せたくぼみから十メートルも離れていないところを、一団の狩人と、前にいる生き物をなんであっても追い立てる犬たちに追いかけられたノロジカの群れ、牡鹿、牝鹿、仔鹿が小道を横切っていく。ぼくがそこにいるのを見て、また、ぼくの声を勢子《せこ》の声と聞き間違って、驚いた狩人たちは立ち止まり、怯えた顔で四方を見回す。彼らはためらい、ぼくが大きな動きをすると、また追跡に取りかかる。

狩人の後ろ。

犬が一匹。五匹。十匹。二十四匹の犬がぼくの上を通る。一匹としてぼくを勘定に入れる犬はない。犬たちが訓練されているのはトリュフと羽と毛皮の匂いだけだ。

腕に折った猟銃を抱え、茂みに屈み込んで、犬たちの主人が同じように興奮して真っ赤な顔で息を切らしてついてくる。そのうちの一人が目の隅で見て、ぼくが森の妖精ではないと気づく。彼は仲間を先に行かせる。仲間が声をかける。

「ミカエル、何やってるんだ？」

「今行く！」

その男はぼくのそばで立ち止まる。

怖い！　ぼくはさらに震える。立ち上がると、服が土だらけだ。

「そこで何やってるんだい？」

「ああ……」

言葉の使い方を忘れた。口ごもる。

「ぼく……歩いて」

「馬鹿じゃないのか！　入り口の看板見なかったのか？」

「ちゃんとは見てない」

彼は考える。

「まあいい。死んでないからな。リュックを取れ。一杯やらないか。俺たちの車がすぐそばに停めてある」

駐車場に行くと、一行が全員揃っている。二十人ほどの狩人たちだ。犬たちは食器の周りで押し合いへし合いしている。ちょっと離れた地面の上に、さっき見た怯えた目のノロジカの群れが林の縁で待ち伏せしていた狩人たちになぎ倒されていた。狂ったように撃っていたのは勢子たちだった。麝香《じゃこう》とむっとする血の臭いが入り混じった強烈な臭いに胸が悪くなる。ぼくをここまで連れてきたさっきのミカエルがぼくの不調に気づく。

「最初は皆、嫌な気分になる、だんだん慣れて、後は好きになる。こっち来て一杯やれよ、気分が良くなる。腹が減ってるなら、遠慮するな、いつもたっぷり用意してあるんだ」

4WDの腰の高さのハッチにピクニックの食料が並んでいる。パテ・ド・カンパーニュ、骨つきの生ハム、ソーセージ、皮がパリパリの巨大な丸パン、赤ワインの瓶、缶ビール、コーヒーの入った魔法瓶、カルヴァドスの瓶。これでお腹をいっぱいにして恐怖から立ち直ることができる。

一行の中でいちばん若い男がぼくのほうにやって来る。グラスを上げる。

「乾杯！　こうやってどこまで行くの？」

「フォントヴロー修道院まで」

「なんだって、すっごく遠いぜ！」

ぼくは、ここから百キロくらい離れた老人ホームで死にかけている一人の老人のために歩いているんだと説明するが、誰も信じようとしない。いちばん年上に見える男が自説を曲げない。

「そのたわごとはどうでもいい。軍隊じゃないんだからな。何歳だ？」

「……」

「未成年だってことに賭けるよ」

例のミカエルが遮る。

「ほっといてやれよ！　いいじゃないか、彼の話。自分が死にそうなのがわかったときに誰かが俺のために歩いてくれるなんていいと思うな。名前はなんていうの？」

「グレゴワール」

彼は手を差し出す。

「俺はミカエルだ。じゃあ、あんたは朗読者だって言うんだな。そんなもの聞いたことないよ。稼ぎはいいのか？」

「最低賃金だよ、でもぼくは始めたばかりだから当然だ」

「本気にするな。すごく増えるなんてことはないよ。俺は本は読まない。好きじゃないんだ」

「ぼくも高校を出た二年前に同じことを言ってたよ。おまけに、バカロレアも落としたんだ」

「ここでバカロレア持ってるやつ手を上げろ！　誰もいない？　ほらな、あんただけじゃない。なあみんな、我らが朗読者にちょっと朗読してもらうってのはどうだい？　リュックの中に何が入ってる？」

彼はこの言葉を「ズボンの中に何が入ってる？」と訊くのと同じ調子で訊いた。最初から、この男の質問にどう対応していいかわからずにいた。ぼくを馬鹿にしようとしているのか、真面目に受け取っているのかがわからない。そして飲みすぎた今となっては、放っておいてほしいという思いだ。

この男も酔っていて、しつこい。

「おおいみんな！　グレゴワールがエロ本を読むぞ！」

「?!」

笑いの渦。驚いた犬たちがまた吠え始める。ぼくの頭は超高速で回転する。ぼくは携帯に好きな物語を全部ＰＤＦにして持っている。いやらしい話がいいんだな、いいとも提供しようじゃないか、ブルーエでやったみたいに、日曜の夜のブコウスキー。こちら地獄！

「勢いをつけるために、ちょっとカルヴァドスをもらおうかな、声に良さそうなんで」

これで、ぼくは気に入られたようだ。瓶が回され、銘々が注ぐ、ミカエルまで届くと、ミカエルはそれを愛情込めて見つめ、唸りながら瓶の底にキスする。

「セックスに！　さあ飲め！」

彼はぼくのグラスになみなみと注ぎ、自分のにも同じようにする。そしてぼくたちはグラスを合わせる。

「ブコウスキーに！」

ぼくは計算した、アルコールの影響が出るまで十五分ある、朗読の五分を引くと、十分の余裕がある、その後はなんにも答えない。地獄！

言葉と朗読が進むにつれて、グループの輪が狭まってくる。犬が吠えだしそうになると、頭を叩かれている。ブコウスキーはペニスの王様、ヴァギナの皇帝だ。彼の短編以上のものを提供することはできなかった。ミカエルは崩壊寸前の蒸留器をこわごわと見るような目でぼくを見た。ぼくの体はアルコールとこの作品で満杯だ。「これまで神に愛され、前に進むことなく、わたしはワインの言葉を持っていた！」、これを言ったのはラブレーで、ぼくじゃない。

作品が終わる寸前に、聴衆を摑む力とは何かを理解する。言ってみれば、冬の終わりに畑が耕される頃飢えたヤマウズラがやって来て、君の中庭で腹一杯食べる様子。憐れみ。朗読が終わり、ぼくは聴衆に挨拶し、みんな旅の無事を祈ってくれる。

「俺からだと言ってアリエノールにキスしといてくれ」例のミカエルが言う。

五百メートルほど登って、みんなから見えなくなると、ぼくはくぼみに倒れ込む。闇、完全な。枯葉の巣にいるハリネズミだ。

40

また霧の中に入り、のろのろ歩く、よれよれで汚れ、ベタベタして、ブルーエのことも、老人のことも、会いたい人のことも、何も語りかけてこない並行世界を歩いている。前進するぼくの体に支配された頭の中は光景が次々と浮かび上がるばかりだ。

稲妻、素晴らしい。カワセミの背中。

ここ、この橋の橋脚の上に、厳かなサギ、泡で膨らんだ胴体、流れの方向に目をやり、領主の沈黙をもって彼の漁の王国を見守っている。

何時間も鳥がいっぱいいる川沿いに歩いていくと、航空管制官の才能がもたらされる。近づいていくと、一歩一歩が飛行の合図となる。白。灰色。黒。ダイサギ。コサギ。ウ。時々、囲いから出てきた若い雌牛が前に立って逃げていったりする。雌牛が自分より先に横たわったアリエノールのもとに到着しないように、どうやって群れに戻したらいいのか考える。囲いの針金は低い。草地の側に行く。境界を通り過ぎる。曳船道に戻る。雌牛の正面に立つ。雌牛は怯える。大胆な雌牛は群れに戻ることに決める。ぼくのほうは今すぐ元の生活に戻るつもりはない。疲れているが、ぼくは強情だ。

小さく詰め込んだリュック。胸の高さで二本の肩ベルトと体のあいだに差し込む棒。ベルトにかけた親指。二の腕を棒に載せる。ぼくの計画の時空二項式において最適な浸透率を持つ二つの補助翼。目的――歩くこと。死のうとしている老人のために歩くこと。ぼくは彼の頭の中で歩いている。老人はぼくの脚の中に入り込んでいる。

出発してから五日になるだろうか？　もうわからない。自分がどこから来たのかもわからない。もし彼が死んでるとわかったら？　ディアリカ、君はどこ？　写真入りメッセージ。ぼくは給水塔の写真を送る。四十メートルの巨大な塔だ。

「君が欲しい。G」

「わたしもよ！　D」

「ムッシュー・ピキエ！　給水塔です。見て！」

「おお！　でかいペニスみたいだな」

「あなたもそう思いますか？」

「おやおや、かわい子ちゃん、わたしのことをボケナスとでも思ってるのかい？　これはわたしに送ってきたんじゃないよ」

ブルーエ－修道院間はGPSで見ると二百キロある。回り道を勘定に入れずに、ぼくは三分の二を踏破した。ぼくの頭はヨーヨーのようだ、有頂天になったり、深く意気消沈したりを繰り返す。てなわけで最新のメッセージはこうだ。

「疲れた。もうたくさんだ！　G」

「ムッシュー・ピキエ、グレゴワールが疲れたって言ってます、もうたくさんだって」

「彼に電話しなさい」

携帯が鳴る。今までは鳴らせておいた。今回は、応える。ディアリカがびっくりしている。

「グレゴワール？　やっと、グレゴワール！　ずっと心配してるのよ！　いいわ、ムッシュー・ピキエがあなたと話したいって。代わるね」

「こんにちは、グレゴワール」

長い沈黙。彼の声だとわからない。すごく弱々しい。異世界からの振動のようで、その周波数から大事なことがわかった。ムッシュー・ピキエは具合が悪い。ぼくの振り子はもとに戻った。

「ハロー、ムッシュー・ピキエ！　こんなふうにお話しするなんておかしな感じです。お元気ですか？」

決まり文句は状況にふさわしくない。

「まあまあだ。ディアリカが言ってたが、うんざりなんだって？　わたしもだ、わかると思うが」

ぼくは何も言わない。恥ずかしさを飲み込む。

「当然だ、体にこたえてるんだ。必要ならホテルに泊まりなさい。シャワーを浴びて、ベッドで眠るんだ。いいレストランで美味いものを食べて酒を飲みなさい」

ぼくは笑う。

「なんで笑ってる？」

「お酒はもうやりました」

「そうか、君が言ってるほど悪いわけじゃないんだな。君の思うとおりにしたらいいよ、グレゴワール、だが、そこまで歩いて、今やめたら馬鹿ばかしいぞ」

ぼくの自尊心はちょっと出かけていただけだ。

「やめるなんてひと言も言ってません！」

「それに、君はもっといろいろ話すべきだと思っているよ。一人でいると頭がごちゃごちゃになってしまう。わたしたちに、どこにいて何を見ているのか、もっと頻繁に知らせる努力をしてほしい。最初の契約じゃないか、覚えてるね」

「はい、はい、もちろん、覚えてます」

慰霊碑のすぐそばで音もなく一枚一枚葉を落としていく菩提樹の下にぼくはすわり、本屋のじいさんとの契約とこの光景のあいだになんの関係があるのかわからずにいる。慰霊碑の一面には一九一四年から一九一七年の間にフランスのために死んだ十五人の兵士の名が刻まれ、他の三面には一九三九年から一九四四年の間に死んだ兵士だ。この村の真ん中で起きた精神の混乱のせいで、足をもう一方の足の前に出したい気持ちを失わせた憂鬱の正体を言葉にできずにいる。それにもかかわらず、明るさを装った声で本屋のじいさんを安心させる。

「ご心配なく、ムッシュー・ピキエ、お友達のことは忘れてませんよ！」

「ああ、もちろんだ、アリエノールだ、だが、出発のときに決めた目的地は、そこに到達するためにたどる道と比べたらなんの重要性もない。マダム・マソンがホールに君の進み具合を張り出したいと思っているのもそれだからだ」

「なんですって？」

その情報はあまりに不意打ちだったので、ぼくはすわっていたベンチからバネのように飛び上がり、彼の健康状態や疲れやその他いろいろを考えず、大声で叫び始める。

「そんな、駄目です！　これはぼくたち二人のあいだの話じゃないんですか」

「大声を出すな、グレゴワール、聞きなさい。耳が痛い。ディアリカ？　この代物のヴォリュームを下げられるか？　グレゴワール、怒るだろうと思っていたよ」

「当たり前です、怒りますよ！」

慰霊碑の周りを歩きながら、人けのない村で、ぼくは思うさま怒鳴り散らす。

「所長は十日分のはした金さえ払いたがらなくて、ムッシュー・ピキエが全部払ってるんじゃないですか。それなのに、今度はバズらせたいって言うんですか！」

「バズラ？」

「バズ、です。ムッシュー・ピキエ。グレゴワールが言いたいのは、そうやって彼女は自分の手柄にして褒めそやされたいと思ってるということです」

ディアリカは、自分が対応するほうがみんなにとっていいと本屋のじいさんにわからせた。言い張る元気がなく、ムッシュー・ピキエは彼女に電話を返す。

「グレゴワール？　ディアリカよ、聞いて、怒らないの。マソンを変えることは誰にもできないわ。彼女はあなたの話を取り上げたけど、それでどうかした？　あなたに知ってほしいのはね、ここではみんながあなたの居場所をわたしたちに訊いてくるってこと。ブルーエってどんなとこか知ってるでしょ、なんにも起きない場所なの。そこに突然、夢が現われた。すごい！小さなグレゴワールが本屋のじいさんのために歩いてる。訪問してきた家族まで訊くのよ、『彼は今どこにいるの？』あなたはスターになったの。ムッシュー・ルーボーの娘さん、知ってる？　彼女は『ラ・レピュブリック・デュ・サントル』紙の通信員で記事にしようとしてるの」

びっくりだ。ぼくはその場でぐるぐる回りながら馬鹿みたいに両手をふりまわす。

「彼女が自分でぼくを探せばいいんだ！　ムッシュー・ピキエ、聞いてます？」

遠くから声が聞こえる。

「ああ、聞いてるよ」

「あんたは大根役者だ、ムッシュー・ピキエ！　最後までライトを浴びたいんだ」

「グレゴワール、やめてお願いだから！　ムッシュー・ピキエにそんな言い方しないの」

「クソくらえ！」

ぼくは電話を切る。

41

カンカンに怒ってぼくは村の広場を離れ、二百メートルほど離れた原っぱに行き、怒りを吐き出すために棒を振り回す。打ち倒す。先っぽを刈り飛ばす。なぎ倒す。イラクサ。ニワトコ。セリ。一メートル五十を超えるものは全部。背の高い草のことだ。誰もいない、ぼくはやりたいことをやる。

昨日、ぼくは何者でもなかった。ちっぽけな朗読者だ。もしも本屋のじいさんが所長の机に小さな封筒を滑らせなかったら、ぼくはとうの昔にクビになっていただろう。今日、もう問題はない、ぼくは稼げる、人々にブルーエの話をさせられる。ブッツァーティの事件があったとき、彼女はどこにいた、マソンは？　一秒たりともぼくを支えようとはしなかった。全員がぼくに飛びかかってきた。

オーケー、ぼくはその短編を読んでいるときに立ち往生した。郊外に住む若者たちが四十歳以上の男全員を粛清するという話だ。暴力的すぎるって？　ちょっとはね、でもやり手のブッツァーティは若者の一人を自分の父親と対決させた、当然ひどいことになるわけだが、早朝に、若者たちはとうとうその父親を追い詰める。すごくなるのはそこなんだ、というのは解散しようとした若者たちは、リーダーその人が四十歳になったことを顔を見て知る。ひと晩のうちに、彼の若さはすっかりなくなっていたんだ。そして追跡は勢いを増して再開される、だけど今度追いかけられるのは彼自身だ。偉大な教訓だよね。

だけど、ブルーエでは誰もそのすごさを理解しなかった。気にしたのはタイトルだけ――『老人狩り』、致命的な間違い。これをホールの沈黙の中で君は宣言する。君は死んだ。住人が非難するとは思ってもみなかった。そんなことするにはぼうっとしすぎている。無気力な人たちだ。いいや、訪問中の親族の間抜けに違いない、所長の執務室に行って、偉そうに言ったんだ、きっと。

「マダム・マソン！　あなたのところの若い朗読者は趣味が悪いですね。老人ホームで『老人狩り』だなんて。どういう神経してるのかしら。恥だわ！」

わかってるよ、マダム・マソン、わかってる。金！　金！　金！　不満を持つ親族一人。十人の顧客が消える。ぼくはそれを頭に叩き込まなきゃならないって言うんだね。オーケー。目立たないようにするよ。これからは気をつけます。はい、はい、マダム・マソン。ドーデ。パニョル。モーパッサン。古典、誰の合意も得られるもの、迷惑をかけるものはなしで、約束します。

すでにトイレでの朗読でクビになるところだった。ピキエがうまいことやって彼女は目をつぶった。だが、『老人狩り』のときは精神的に立場の弱い人の尊厳を害したということで即座にクビにされるのではないかと思った。ぼくを擁護する人は一人もいなかった。本屋のじいさんも屈服した。

「これが教訓になるといいな。タイトルを告げずに物語を読むことだってできたはずだ。彼らにショックを与えたのはタイトルなんだから。気をつけなさい。いくつかの言葉は想像もできないくらいの力を持つことがある」

そして今日になったらどうだ、すべて素晴らしく正しくて、ぼくの背中に宣伝をおっかぶせるって？　やだね、問題外だ！　ニエット！

何もない世界の真ん中でぼくは叫ぶ。

「ニエット！　ニエット！　ニエット！」

トラクターの運転席から農夫がぼくに手を上げる。たぶん、ぼくが彼に挨拶したと思ったのだろう。

もろもろの出来事から思ったのは一つだけ、ぼくには休息の必要がある。どうあってもホテルを見つけなけりゃ。それほど簡単ではないが。

42

二十三時に到着。目を血走らせて、耳の穴まで汚れきった状態で。ホテルの受付は何も言わなかった。宿泊カードを書いているぼくを、まるで母親を殺されたみたいな目で見ていたが、クレジットカードが支障なく受け付けられるとたんに安心した。金を払えば平安が買える。ここに誰も探しに来ないのは確かだ。それでもルーボーの娘は徒歩旅行用の地図で追いかけてくるかもしれない。赤毛の狐は旅行者向け四つ星ホテルに逃げ込んだ。

インテリアは頭からゲロをかけられたみたいだ。ぼくは朝食に降りる。年寄りがいっぱい。外国人。旅行中の老人ホーム一行。ぼくには不運がつきまとっているらしい。ビュッフェの台に近づくこともできない。ブルーエを懐かしがらせるための状況設定なんだろうか。そのうちに老人たちは玄関の回転ドアと観光バスの三段のステップとを隔てる二メートルの赤絨毯を横切り、ナメクジみたいにだらだらとステップをよじ登っていく、彼らが外に出ていくのを見ている間に吐きたくなった。ムッシュー・ピキエ、人生って、どこにあるんですか？

携帯の電源を入れると、ディアリカのメッセージがぼくの怒りをすべて消し去る。

「電話して！　返事して！　反応して！　ＭＰが昏睡状態。Ｄ」

深い罪悪感と苦悩の塊が襲いかかってくる。ぼくの暴力、ぼくの言葉、あの最後に叩きつけた言葉、「あんたは大根役者だ、ムッシュー・ピキエ！　最後までライトを浴びたいんだ」、あれが最後のカチンコを鳴らすほどに彼を傷つけたのだろうか？　自分に対してありとあらゆる悪態をつく。馬鹿者！　老人狩り！　本屋殺し！　でもそこでおかしくなった。本屋殺し？　彼みたいな古狐を殺すことなんてできない。ムッシュー・ピキエは自分で自分の時を決めることができる大人だ。ぼくにはぼくのするべきことがある、彼の妄想に最後までつき合うことだ。ぼくは逆方向に町を横切る。昨夜、ぼくはすべてを投げ出していた。今朝は、議論の余地はない。ムッシュー・ピキエ、頑張って。あと五十キロだ。二日もかからない。ぼくは焦って指を動かす。「ディア、彼に言って、アリエノールまで五十キロ。ぼくはよくなった。G。悲しい顔文字とハート」

写真なしで送る。ぼくの位置を知らせる情報はない。ルーボーの娘はディアリカの機嫌をとって情報を聞き出すくらいはやりそうだ。この計画はぼくと本屋のじいさんだけのものだ。マダム・マソンは得意になってこれを宣伝するだろう。ぼくに対する話し方やぼくを眺める目つき、まるで、波風立てずに言われたところで本を読む飼い犬、むしろ彼女が好きなようにサーフィンするいい波を立てる手下みたいに見るのをやめてくれればいいんだが。

「ええ、私はいつも読書が入居者の福祉にいいことだと信じていたんですよ。朗読者と聴き手のあいだに強い愛情の結びつきができるというだけではなく、朗読の時間そのものが聴衆の共同体を作り、それが家族とお年寄りを近づけ、ホームの職員が対話の輪に入るのです、おわかりいただけますね」

だまれ、マソン。みんなたしかに正しい。でもあんたが言うと商業主義のにおいがプンプンするんだよ。ぼくたちを放っといてくれ！　ムッシュー・ピキエとぼくはそんなんじゃない。ルーボーの娘は何も手に入れられないよ。

今のペースで長く続けられるかどうかはわからない。ぼくは前に進む。ぼくは懇願する。すぐに死んじゃ駄目だ、ムッシュー・ピキエ。ぼく一人にしないでよ。厄介な町への出入り。空き地。納屋。倉庫。町はない。畑もない。町の放置されたゴミ置場。嬉しいことに、川は堂々としている。

トゥーレーヌでは、それは当たり前だ。いくつもの流れが合流してすでに大きく豊かになった川は、岩の多い川床を通るときに波立つのに必要なだけの緩やかな傾斜に従う。その波立ちはまるで、近づく婚礼の時を知って苛立つ若い王女のようだ。というのも、ぼくがアプリで見たところでは、三キロくらい先で、この川は大河に合流するからだ。川床を共にし、魚たちを共有しながら、並んで五キロを流れ、温度、濁り度、源流の記憶、通ってきた光景のすべての点で異なる二つの流れはやがて混じり合う。この調整が終わると、同じ道をたどって、大河と川は海に注ぎ込む。

ちょうど合流した場所に、道中で不思議に思っていたことの答えを土と水が目の前に描いているのを見て感動する。ムッシュー・ピキエが孔子からの引用を唱える声が聞こえる。「彼に言うと、彼は忘れる。彼に教えると、彼は耳を傾ける。彼に体験させると、彼は学ぶ」

川がまだ川である部分から十メートルのところ、大河の左岸、上流を渡る鉄道橋のアーチに面して、水とトネリコの木立のあいだ、傾斜した河岸の真ん中に、かまどを見つける。釣り人がひと時を過ごすために火を燃やした跡がある。そのかまどを見てすぐにぼくは盛大に火を燃やしたいと思う。誰の目にもとまらない遭難者の焚き火だ。砂利や石、灰、炭になった木が混じった砂を掘ってかまどを少し広げ、周りに大きな石を置く。紙を持っていないかと探す。ドライフルーツの入った紙袋がある。くしゃくしゃにして底に置く。

今度は河岸を探す。小さな木、乾いた葉っぱ、柳の枝、いばらの茂みから引っ張り出した腕くらいの太さの木。数時間もつだけの薪を頑張って集める。準備はできた。両手をついてかがみ、クラフト紙に火がつくように傾けながらライターを点火する。ちょっと時間がかかったら、火打石の部分で親指を火傷した。さあいい、火がついた。細い煙がまっすぐに立ち上る。風が吹く気配はない。最初の炎、短く、青い、それからオレンジ色でもうちょっと長い、紙を通り越して乾いた葉っぱに届き、葉っぱはくるっと丸まり、赤くなって崩れる。次に細い枝、小枝が燃え上がる。炎が広がる。どんどん広がり、今はパチパチいっている。弾ける。燃える。ぼくは安心する。先祖から受け継いだ欲求が満たされた。暖かくはならなかったが、元気が出る。周りではバン、カモ、ネズミが大騒ぎをくりひろげている。夜の音はぜんぜん怖くない。太陽は水に消える。遠くの橋の上をコライユ（長距離特急）、ＴＥＲ（急行列車）、ＴＧＶ（超特急）といった列車が、今のぼくには関係のない日中のリズムで通り過ぎ、ぼくはあの光の中でぬくぬくとすわっている人たちの中で誰か一人でも川岸で震える火を見る人はいるのだろうかと思う。

崩れ落ちる熾《おき》の中に火葬の薪のイメージがよぎる。夜空の金星の下で、ぼくの祈りは詩だ。テントからパブロ・ネルーダの『二十の愛の詩と一つの絶望の歌』をとってくる。ディアリカに読んでやろうと思って持ってきたのだ。けど、糸は切れてしまった。鉄橋のアーチをとりまく水音の中で、黒くきらめきぼんやりとした水のそばで、ぼくはネルーダの詩を友人である本屋のじいさんのために読む。防寒コートにくるまって縮こまり、背中を凍えさせ、腕で膝を抱え、白、赤、黒と瞬く熾の山から数センチ離れたところで本を持つ。少しずつ侵略してくる霧の中で絶えそうな火に向かってぼくは呟く。

「愛は短く忘却は長い」

説明のつかない行動がある。一秒で十分だ、やってしまったとたん、疑問が胸を苛《さいな》む──やらなければよかったんだろうか？

本が燃える。カバーのビニールに数秒のあいだ火ぶくれができる。焦げて茶色くなる。うまそうなくらい。それから黒くなる。馬鹿みたいだ。ガリマール社の詩の叢書として知られるこの本のレイアウトでは、ネルーダの小さな写真がカバーの三分の二にいくつも並んでいる。五つのうち二つの顔、左側の二つがまだ炎の前進に抗っている。本の背は小口よりずっと固い。だが、少しずつカバーを乗り越えた火が、ページの端を焦がし、中に隠れていた言葉まで進んでいく。ぼくは魅入られて、印刷された言葉が死ぬ前に目に焼きつける。

Quiero hacer contigo
lo que la primavera hace con los cerezos
君と一緒にやりたい
春が桜と一緒にすることを

この比べようもなく美しい詩が非情に消えていく。なんでこんなことを？　ぼくはそれを救うために動かない。ただ、ぼくの記憶だけがそれをとどめる、この小さな空虚、友人を本当に失ったという悲しみへの寓話的な解答として自分に押しつけた小さな空虚を。ディアリカに捧げるはずだった詩を炎に捧げてしまったことと、老人の最後の意志——書棚に並ぶ三千冊の本とともに消えていきたいという意志への煮えきらないオマージュとしてその詩が燃えてしまったことに当惑する。そしてこの予期しない焚書の上に置いたひと抱えの枯葉から立ち上る煙や燃え殻が赤くなり、ちらつき、周りの暗闇に少しのあいだ抵抗し、それ以上別の形に変わることなくたくさんの疑問とともに消え去る。

ぼくは声をつくってホームに電話をかけた。

「ムッシュー・ピキエと話したいのですが」

決まり文句。

「どちらさまでしょう？」

「親戚のものです」

「残念ですが、ご親戚は昨夜お亡くなりになりました。所長におつなぎしましょうか?」

ぼくは電話を切った。

何時に死んだのですか? どうしてディアリカは昏睡状態なんて言ったのだろう? すべて終わっていたのに。ぼくに二十四時間の猶予を与えるようにとディアリカに言ったのですか? ぼくを傷つけないようにするため? ぼくを保護するため? どうなんですか? あなたは疑っているのですか? ムッシュー・ピキエ! 辛いのはそこだ、苦しみ、悲しみ、失敗の疑いで苦しみを深めないでください。あと数時間で、合意したとおり、修道院に着きますから!

43

二十八号室で、ディアリカは泣いているに違いない。ぼくは畑の真ん中で泣いている。葡萄畑の真ん中で。アンジューの真ん中で。ムッシュー・ピキエ。アンジューは最高に綺麗だ。カフェにいた男がぼくに訊く。

「そうやって遠くまで行くのかい?」

ぼくは彼を見もせずに感情のない声で答える。

「フォントヴローの修道院まで」

その撥《は》ねつけるような調子に、男はそれ以上続けず、カウンターに鼻先を突っ込む。自分のコーヒーを飲む。ぼくはココアを飲む。寒くて死にそうだ。老人ホームで死にかけている老人のために歩く若い朗読者という音楽を演奏したい気分ではない。本屋のじいさん、ぼくの雇用主、はいなくなった。彼の部屋と修道院のあいだで、ぼくの雇用主はずらかった。本屋のじいさんは契約を破った。でも、ぼくのほうの契約は残っている。どうしてやり遂げようとしているのか本当の理由を整理できないまま、ぼくは意地になって歩く。ぼくが彼に言った言葉のためだろうか、彼の不滅の星々——ジャン・ジュネ、ネルーダ、カルヴィーノ、すべてのラブレー、すべてのセリーヌのため、彼が愛したすべての本のため、彼がそばに置いた三千冊の本のため、ぼくにふくらはぎの力で、この運河のネットワーク、川、彼の部屋から横たわるアリエノールまでの道程という開かれた本、彼がバシュラールの本を放り投げたときに水門のあいだで解放された言葉の旅を発見させてくれた人のため、ぼくが泳いだあの日から止まらない涙を流す今日までの二年という月日のため。こんな理由のために、ぼくは歩く。息を吸う。息を吐く。契約が終わるまで。

44

ホテル、ぴかぴかのホテルでは、本屋のじいさんの指示が守られていた。到着の日がわからなかったので、十一月末の二週間、ぼくの部屋が予約されていた。観光シーズンではなく、万聖節の週末でもないのでホテルは静かだ。疲れ果てた徒歩旅行者というぼくの様子も、デラックスでハイテクなこのホテルの職員を驚かせていないようだ。昔の小修道院だった壁や石に囲まれて、ほぼ千年前にこの修道院を作った巡礼の精神に組み込まれているのだろう。顧客は甘やかされ、世話を焼かれる。修道院付属教会と中庭と庭を含む修道院全体のアクセスコードをもらってすごく驚いたけれど、物慣れた男を装う。このホテルの幸運な客だけは、一般の入場時間が過ぎても入ることができるのだ。ムッシュー・ピキエがそう言っていたけど、すっかり忘れていた。

すぐにもぼくは門をくぐる、そして頭の中ではこの二十四時間の雑多な出来事が少しずつ消えていく。目的のすぐそばにいて興奮しているのに、ぼくはほとんど平静だ、本屋のじいさんの最後の意志が、今はぼくの意志となっている。ぼくは横たわるアリエノールに本を読むのだ。

コード０８０２Ａ。チッチッチッチッチッチッ。門の機構が解除される。ぼくは扉を押し、扉はレールの上できしみ、低い音を立て最後に鋭いキーッという音を立てて開く。扉はぼくの後ろで夜中のこの時間としては大きなカタンという音を立てて閉まる、中庭の大時計が三時を告げたところだ。静けさが戻る。繊細な静けさは、ごくかすかな物音の存在を強調する。遠くの自動車。ミミズク、犬。ぼくは動かない。その瞬間を呼吸する。この場所を吸収する。

目の前にあるのは門番小屋だ、お伽噺のような正面、ツタで縁取られた格子窓、霧で霞んだ通路に明かりを投げる壁の覗き窓。髪の毛が湿っている。垂れ下がっている雫が、時たま石畳や芝生や、霧の上の星空にそびえ立つ教会の尖塔を見上げるぼくの顔に落ちる。ぼくは自分の小ささを感じて震える。

防寒着の襟を立てて歩きだす。地面のライン照明がぼくの影を巨大な石のレゴに大きく拡大して映す。ジャコメッティの《歩く男》がぼくの前に長く伸び、縮小し、実際の大きさと一つになり、ぼくの背後で、体が次のライトに入るとまた大きくなる。ぼくは身廊の外壁にある階段を登り、横の入り口に達する。その扉は、夜のあいだ開いている。もう二歩。あとひと息。ぼくは戸口で、長いあいだ立ち尽くす。

身廊は巨大だ。昔は丸天井を支える柱を隠していたはずの宗教的装飾は完全に取り外されている。ぼくの最後の二歩のこだまが、裏返しになった石灰石の船をくまなく巡り、すぐさま音を小さくして中世の建物の黄金比によって数を増やして戻ってくる。伝説は生き残る。ぼくの心の耳はブルーエからの信号を受け取る。ムッシュー・ピキエがそばにいる。ぼくは頭の中でささやく。

「ムッシュー・ピキエ、ぼくは今、大修道院にいます。やりましたよ！　横たわっている人たちが見えます」

　ぼくのいるところからアリエノールは見えない。ぼくは近づいて、四つの彫像が作る四角の南西の角に、横たわる姿を見つける。その彫像のためぼくはブルーエを離れた、老人の命令で、その彫像のために毎日毎夜歩いた。眼の前に、横たわるアリエノールがいる。感動で言葉が出ない。

「ムッシュー・ピキエ、ぼくは何をすればいい？」

　本屋のじいさんはぼくにマダム・モレルのときに助言してくれたように、自分自身でいなさいと助言してくれた。

「彼女に素直に話しなさい。なんのために来たのかを言うんだ」

　頭の中に小さな声が聞こえる。

「だけど、ムッシュー・ピキエ、無理です、ぼくにはできません。周りじゅうが静かで、動いたとたんに、大騒ぎになります。靴の音、服の擦れる音、どんな小さな音でも千倍の大きさに響きます。ここ、身廊に立って、横臥像のすぐそばに、わかります？　この静けさ。この大量の湿った空気がぼくの言葉のすぐそばに詰まっているんです」

　その万力はぼくを罠に落ちたような気にさせる。ビデオ画像でぼくを見つめる覗き屋のおもちゃになったような気分だ。身廊の四隅に目をやる。石には監視カメラをとりつけた跡はない。ぼくの偏執的な妄想は静まる。動かなくてはと言いながらぼくは階段にすわり込む、聖歌隊席に登る階段だ。石は冷たい。尻の下に両手を差し入れる。なんの足しにもならない。手が凍えるだけだ。中庭の鐘が一回鳴る。三時半だ。何かの合図なのか？　考えずに口を開く。

「クソ、寒い！」

たった二語。二つの単語、でもこの厳かな場所にはあまりにもふさわしくなくて、ぼくは笑いだす。抑えることができない。神経質な笑い、うまい冗談を言ったときの笑い。床に、周囲に、高いところに、建築物の虚栄が潜む場所の至るところに、ぼくの声がぶつかり、跳ね返り、さらに膨らみ、最後に一つの音節、最後の音節に縮小され、埃が風に吹かれて丸まって、転がる後に子音のかけらを残していくように――むい・むい・むい……クソ寒い！

馬は放たれた。グレゴワールここにあり！　赤毛は石像に話しかける。ニュースはなんだっけ？　そう、そう！　ムッシュー・ピキエは死んだ。彼はかっこいい人だった。友達だった。ひどい活字中毒だったけど、本当の友達だった。

「アリエノール・ダキテーヌ！　陛下！　聞こえますか！　ムッシュー・ピキエは本屋でした。ムッシュー・ピキエはあなたを崇拝していました。あなたは彼を魅惑していた。空に向かって開かれたあなたの本が強い印象を与えたのだと言わなくてはなりません。多くの人がそれぞれの見方と仮説について書いていています。アリエノールはおそらく。アリエノールはきっと。ムッシュー・ピキエは一つのことしか見てはいませんでした。あなたが読書を愛していたこと、あなたのメッセージは明白なのです。ぼくは、彼があなたに読んで聞かせたがった本の種類に待ったをかけました。彼はジャン・ジュネの『薔薇の奇跡』一択でした。ぼくは、ファンタジーのほうがいいと思っています。ジョージ・R・R・マーティンの『七王国の玉座』、これが気に入るだろうと確信しています。権力、征服、恐怖、虚栄。抜粋をいくつか選んでおきましたが、先日の夜大河のほとりで、彼の死を知って、泣く代わりに、ぼくはリュックに入れていた本をすべて燃やしました。大河は流れていました。ぼくは、持っていた棒でページをめくり、早く燃えるようにしました。こうして本を破壊しても、本屋のじいさんにはショックじゃないでしょう。水曜日、明後日、ぼくは参列できないけれど、彼は残っていた本と一緒に火葬されることになっています。三千冊。ぼくは数えたんです。彼はこんなふうです、ムッシュー・ピキエは、強烈な行動が好きなんです。いや、好きだったんです。今日、ぼくは彼から松明《たいまつ》を引き継ぎます。ぼくのスマートフォンを見てください。すべてここにあります。プレイリストを確認させてください。二百篇の愛の詩があります、フランスの詩人のものも外国人のものも。それを読むために来たのです。いや、二百全部ではありません、心配しないで！ ムッシュー・ピキエが永遠には未使用の時間がいくらでもあると保証してくれました。ぼくは最高のものを読みます。でもその前に、陛下、失礼して近くに行かせてください、というのは、あなたの頭布が耳を隠してこのアラゴンの詩の最高に美しい部分を聞こえなくさせるかもしれないので、そばまで行って跪きたいからです。

大いなる秘密を伝えよう　時、それは君だ
時、それは女性だ

機嫌を取り、足元にすわり
衣装が解かれるあいだ……

……それか、パブロ・ネルーダのこの詩、

ぼくは飢えている、君の髪、君の声、君の口に、
食べずにぼくは通りを行く、そしてぼくは黙る、
パンの支えもなく、ぼくの外に夜明けが訪れてから
日の光の中に君の足がたてる水音を探す……

……最後に、ルイーズ・ラベ、あなたのいちばん下の妹のような彼女の言葉だ、

もう一度抱いて、もう一度わたしを抱いて、
わたしにください、あなたの最高に味わい深いキスを、
あなたの最高に愛に満ちたキスを
あなたに返すわ、火よりも熱いキスを四つ……

鐘が五時を告げる。泰然として厳かなアリエノールは動かない。ぼくは彼女の本の上に屈み

込む。本は何も語らない。

　ムッシュー・ピキエ、あなたの仮説は証明されましたよ、横たわるアリエノールの目は最後の審判を待って開かれている。あなたは言いましたね、肉体の復活を信じきっていることを暗示しているんだと。ディアリカがあなたに抱いていたすべての愛情を込めてあなたの目を閉じさせたことはわかっています。ブルーエがあなたの部屋にかけられたラテン語の額《パウカ・ミエ》を取り外すだろうことも知っています。しかし「彼女のうち、わたしに残されたわずかなもの」は、あなたに十分なはずです、もしもぼくがあなたの言うようなぼくの人生で、それを増やすことができるなら。「遠くから来て、止まることはない。文学は再生することをやめず、最後に君を連れ去るのはその冒険なのだ」

45

「ペロー紙業でございます。キャロルがご用件を承ります」

「こんにちは。グレゴワール・ジェランといいます。パスカル・ペローさんをお願いします」

「ムッシュー・ペローですか？　あら、あら！　ムッシュー・ペローはかなり前に引退しております。どういったご用件でしょうか？」

「ペローさんの知人、ムッシュー・ピキエから電話をするようにと……実は、パルプ関連産業で研修の口を探しているんです」

「そのままお待ちください。人事担当者におつなぎします」

月曜日に研修が始まる。三か月。ぼくは部屋を探す。棚の上に、三十歳の誕生日に笑っている素晴らしいディアリカの写真と、木についての本と、セネガルの詩のアンソロジーを並べる。それを読もうと決心している。すぐ横に、本屋のじいさんの遺灰が入った壺が鎮座している。それが空になったら、研修をやめるつもりだ。

到着してから二週間後、ぼくは好きなように工場内を歩いている。興味があるのは、紙になる一連の工程が始まる直前の紙料から漂白までの溶解槽への接近だ。正社員の目を盗むのも監視カメラの死角を計算するのも難しくはなかった、機械は巨大なのですべてを監視するのは不可能だ。ぼくはもうどの連結橋から投入すれば見咎められずにすむかを知っている。本屋のじいさんの遺灰三キロを百グラムずつの小袋三十個に分けてペロー紙業のパルプに投入する、ペローは今後二年間アシェット出版グループにリーヴル・ド・ポッシュ（ポケットブック版）の印刷用紙を供給することになっている。

わかってます、ムッシュー・ピキエ、あなたは冗談で言っていたんですよね。面白いから見てください、きらきら光る白いパルプ原料の上にひと筋の灰色の粉が落ちていきます。白と灰色のコントラストは一瞬だけで、もうあなたはぼくの目の前で紙になる物語に紡がれていく。

研修の上司は素晴らしい人で、彼といると毎日学ぶことがある。リベールというのはラテン語で、木部と樹皮のあいだの層を意味すると同時に本という意味にもなる。まだあなたを説得しなければいけませんか、ムッシュー・ピキエ？　ぼくのヒーロー、それは木だって。

謝辞

フランソワーズ・ボーダン、フランソワーズ・デセリ、ジャック・グリフォー、シリル・ラルマン、カレン・ルトゥルノー、ジャン＝マリー・オザンヌ、イーヴ・パリジ、ヴァレリー・プチ、リナ・ピント、イザベル・ルヴェルディの皆さんに心から感謝します。お一人お一人の貴重な貢献はご覧になればおわかりと思います。

朗読者の友人たちに、激励と、正確な意見に感謝します。

ヤマドリタケをたくさん採ったユッシーの森と、ウルク運河に感謝します。執筆が行き詰まった時、その岸辺を散々歩き、その度に再び行き先を見つけました……。

最後に、作家たち、彼らがいなければこの本は存在しなかったでしょう。

すべての人と物に大いなる感謝を！

訳者あとがき

本書はマルク・ロジェ　*Grégoire et le vieux libraire* の全訳で、著者の処女作である。マルク・ロジェは、プロの朗読者で、本書には本と文学への愛が溢れていて文学愛好家から大いに好評を得ている。好評の原因はもちろん文学方面のことばかりではない。人生の始まりに立った若者と人生の終わりを迎える老人の友情が美しく描かれているのだ。

グレゴワールは本の初めでは十八歳、高校を卒業したばかりだ。学校では劣等生だった。なにしろ、高校の課程を習得した証明であるバカロレアに落ちたのだ。この資格を持っていないと、進学できないのはもちろんのこと就職も難しい。母親のコネでなんとかもぐり込んだのが老人ホームだった。厨房の下働きとして働いていて、ある日入居者の老人と出会う。ムッシュー・ピキエは元書店主でホームの自室に三千冊の本を持ち込んだが、パーキンソン病で手が震え、緑内障で目がよく見えず、本を読めないでいる。学校時代の経験から本に拒否感を持っていたグレゴワールだが、老人のために本を朗読しようと決意する。老人はグレゴワールに、本についての知識はもちろんのこと、相手を見て朗読する本を選ぶこと、朗読するための肉体の訓練まで教え込んだ。

朗読者である著者は言葉の持つ力を私たちに示す。一人で本を読むのとは違う、一対一の朗読ともまた違う、聴衆を前にした朗読は聴き手の間に感情のやりとりを生む。読み手は著者と聴き手との間に、そして聴き手同士の間に言葉の橋をかけるのだ。

文学の知識、朗読の技術などを吸収してグレゴワールは成長していく。多様な体験をしてきて老人ホームで人生の終わりを迎える入居者たちの姿が二十歳前の若者の素直な視点から描かれている。

老人ホームは施設によっていろいろなのだろうが、ブルーエ・ホームはなかなか設備や体制が整っているようだ。ホームの厨房があり、行ける人は食堂で介助付きで食事する。食堂まで行けない人には居室に届ける。流動食の人には介助する。個人の洗濯物は集めに行き、洗い上がると部屋に届ける。医師と看護師が常駐して入居者を見回り、診察、投薬もする。理学療法もある。ホールではレクリエーションも用意され、グレゴワールの朗読もメニューに加えられた。グレゴワールは死んでいく入居者の依頼で朗読しながら最後を看取る。若い頃の姿、通ってきた人生を思いやる。入居者たちは若い時に恋をし、壮年の時は働いて家族を支え、老人ホームで人生を終える。やりたかったことをできる体力はすでにない。

M・ピキエが数度にわたってグレゴワールに与えるアドバイスは、「出席の手を上げるのを忘れるな」ということである。グレゴワールは高校の頃を思い出して、先生は僕が出席しているかどうかも知らなかっただろうと言う。授業開始に出席をとって名前を呼ばれたら、「出席《プレザン》」と言って手を上げる。このアドバイスは傍観者にはなるなということではないかとわたしは思う。あれはできない、これは無理と言っていないで飛び込んで行け、人生に参加しろということなのではないか。

　ホームでの二人のエピソードとしてトイレの配管を通じての地下放送がある。そのなかでグレゴワールは第二次大戦の時の自由フランスの放送を真似た口調で「こちら地獄《ランフェール》」と言うのだが、「地獄」というのは国立図書館にある発禁図書を集めた非公開の収蔵室の名称である。権力者は公序良俗を害する、あるいは王政や教会といった既存秩序を害するとみなした本を発禁処分にして、そうした本を集めて一室に封じ込めた。そもそもは旧体制で本の発禁を行なっていたのはバチカンであり、バチカンの図書室に「地獄」があったのだが、ナポレオンがそれを真似て国立図書館にも導入したものである。現在では発禁の歴史を物語るものとして様々な出版社が「地獄」収蔵本を刊行している。作中でも触れられているようにエロ本が多い。エロは権力者にとって都合が悪いもののようだ。

　M・ピキエは死が近いことを感じて、自分が本当は望んでいたのにやれなかったことをグレゴワールに託す。旅をすることだ。本屋の仕事に縛りつけられてできなかった旅をグレゴワールにやってほしい、自分のために歩いてほしい、ブルーエ・ホームから二〇〇キロ離れたフォントヴロー修道院に歩いて行って、ルイ七世妃、後にイギリスのヘンリー二世妃となったアリエノール・ダキテーヌの像に本を読んでやってほしいというのだ。M・ピキエは最初、朗読する本としてジャン・ジュネの『薔薇の奇跡』を提案する。ジュネはフォントブローに収監されたときの経験をその本の中で書いているからだ。だがグレゴワールはその提案を却下、『ゲーム・オブ・スローンズ』の原作本を読むと主張する。フォントヴロー修道院はロワール川沿いにある。グレゴワールは野宿をしながら修道院を目指す。

この本でわたしがいちばん楽しんだのは自然の描写だった。ブルーエ・ホームは運河のほとりにある。昔、船に動力がついていない頃、荷を運ぶ船は上流に向かう時に馬の力を借りた。河岸の曳舟道を進む馬に綱をつけて船を引っ張ってもらったのである。その曳舟道を歩き、トレーニングのために運河に行く。水の中でバンと喧嘩する。堂々とした柳の美しさを語る。嵐の中で運河を泳ぎ、空を見上げる。修道院へ向かう道では森の木々にラブレーを読み聞かせる。さまざまな作物の育つ畑を通りながら定型詩を作る。M・ピキエの死を知った日にはロワールの河岸で焚火をして持ってきた本を焼き捨てる。フランスの作品というとパリを舞台にしたものが多く、パリの街にはいたずらに詳しくなってしまったが、田舎の光景にはなかなかお目にかかれない。それもあって、運河と田園と大河のある光景の中を歩くグレゴワールの歩みについていくのは非常に楽しかった。

亡くなった「本屋のじいさん」は、死んだら三千冊の本と一緒に焼いてくれと頼んでいた。「わたしの本と文書はわたしの衛兵であり、妻であり兵隊なんだ。そして焼かれることによってその灰はわたしの灰と混じり、一本の木を育てる肥料となるかもしれない。パルプの工場に撒いてくれと言ったらあつかましいかな。妄想だ、グレゴワール……」

グレゴワールはM・ピキエの願いを叶え、新しい人生を歩み出す。グレゴワール、どこに行っても「出席」と手を上げることを忘れないでほしい。

GRÉGOIRE ET LE VIEUX LIBRAIRE

by Marc Roger

訳者紹介
1951年福島県生まれ。東北大学文学部卒業。英仏翻訳家。A・デュドネ『本当の人生』、D・ミヌーイ『シリアの秘密図書館――瓦礫から取り出した本で図書館を作った人々』、G・P・リューブ『男色の日本史――なぜ世界有数の同性愛文化が栄えたのか』、F・ヴァルガス『死者を起こせ』等訳書多数。

[海外文学セレクション]

グレゴワールと老書店主

2021年2月26日　初版

著者――マルク・ロジェ
訳者――藤田真利子（ふじた・まりこ）
発行者――渋谷健太郎
発行所――（株）東京創元社
〒162-0814 東京都新宿区新小川町1-5
電話　03-3268-8201（代）
URL　http://www.tsogen.co.jp
装丁――中村聡
装画――イオクサツキ
印刷――萩原印刷
製本――加藤製本

ISBN 978-4-488-01677-7 C0097

『望楼館追想』の著者が満を持して贈る超大作！

IREMONGER

〈アイアマンガー三部作〉

1 堆《たい》塵《じん》館《かん》

2 穢《けが》れの町

3 肺《はい》　都《と》

written and illustrated by

EDWARD CAREY

エドワード・ケアリー 著／絵　**古屋美登里** 訳　四六判上製

塵から財を築いたアイアマンガー一族。一族の者は生まれると必ず「誕生の品」を与えられ、生涯肌身離さず持っていなければならない。クロッドは誕生の品の声を聞くことができる変わった少年だった。ある夜彼は館の外から来た少女と出会う……。

THE SHOCK OF THE FALL * NATHAN FILER

コスタ賞大賞・新人賞を同時受賞！

ぼくを忘れないで

ネイサン・ファイラー　古草秀子訳

統合失調症の青年が治療の一環として綴る過去と現在。子供時代に大好きだったダウン症の兄を自分のせいで死なせてしまったことで苦しみつづける彼にはいつでも兄の姿が見え、兄の声が聞こえる。精神科病院の看護師経験のある著者だからこそ書けた、統合失調症の青年の内面……その哀しみと、苦しみと、家族愛を描いた美しく感動的な物語。新人にしてコスタ文学大賞受賞の傑作。

▶恐るべきデビュー作。独創的な作品だ。
——ジョー・ダンソーン
▶胸が引き裂かれるようだ。
——S・J・ワトスン
▶感動的と同時におかしみもあるデビュー小説。
——タイムズ

四六判並製

IL CIMITERO DI PRAGA * UMBERTO ECO

史上最悪の偽書『シオン賢者の議定書』成立の秘密

プラハの墓地

ウンベルト・エーコ　橋本勝雄訳

イタリア統一、パリ・コミューン、ドレフュス事件、そして、ナチのホロコーストの根拠とされた史上最悪の偽書『シオン賢者の議定書』、それらすべてに一人の文書偽造家の影が！　ユダヤ人嫌いの祖父に育てられ、ある公証人に文書偽造術を教え込まれた稀代の美食家シモーネ・シモニーニ。遺言書等の偽造から次第に政治的な文書に携わるようになり、行き着いたのが『シオン賢者の議定書』だった。混沌の19世紀欧州を舞台に憎しみと差別のメカニズムを描いた見事な悪漢小説《ピカレスク・ロマン》。

▶気をつけて！　エーコは決して楽しく面白いだけのエンターテインメントを書いたのではない。本書は実に怖ろしい物語なのだ。――ワシントン・ポスト

▶偉大な文学に相応しい傲慢なほど挑発的な精神の復活ともいうべき小説。――ル・クルトゥラル

著者のコレクションによる挿画多数

四六判上製

CLOUD * ERIC MCCORMACK

マコーマック文学の集大成

雲

エリック・マコーマック　柴田元幸訳

出張先のメキシコで、突然の雨を逃れて入った古書店。そこで見つけた一冊の書物には19世紀に、スコットランドのある村で起きた、謎の雲にまつわる奇怪な出来事が記されていた。驚いたことに、かつて若かった私は、その村を訪れたことがあり、そこで出会った女性との愛と、その後の彼女の裏切りが、重く苦しい記憶となっていたのだった。書物を読み、自らの魂の奥底に辿り着き、自らの亡霊にめぐり会う。ひとは他者にとって、自分自身にとって、いかに謎に満ちた存在であることか……。

▶マコーマックの『雲』は書物が我々を連れていってくれる場所についての書物だ。　　——アンドルー・パイパー

▶マコーマックは、目を輝かせて自らの見聞を話してくれる、老水夫のような語り手だ。

——ザ・グローブ・アンド・メイル

四六判上製

LIFE AFTER LIFE * KATE ATKINSON

コスタ賞受賞の比類なき傑作！

ライフ・アフター・ライフ

ケイト・アトキンソン　青木純子 訳

1910年の大雪の晩、アーシュラは生まれたが、臍の緒が巻きついていて息がなかった。そして大雪で医師の到着が遅れ、蘇生できなかった。しかし、アーシュラは同じ晩に生まれなおし、今度は生を受ける。以後も彼女はスペイン風邪で、海で溺れて、フューラーと呼ばれる男の暗殺を企てて、ロンドン大空襲で……何度も生まれては死亡する。やりなおしの繰り返し。かすかなデジャヴュをどこかで感じながら幾度もの生を生きる一人の女性の物語。圧倒的な独創性とウィットに満ち溢れた傑作小説。

▶どれだけの形容詞を並べても、本書について語るには足りない。猛烈に独創的で、感動的な作品だ。
　——ギリアン・フリン

▶読み終えた途端に読み返したくなる稀有な小説。
　——タイムズ

四六判上製